郭玉洁

著

风织暴

NEWSTAR PRESS
新\星\出\版\社

新经典文化股份有限公司
www.readinglife.com
出　品

目 录

Jungle Fly

这家餐厅好像蜗牛，室内小小一个，户外却甩出一大片蓝白太阳伞。黄昏时分，大部分游客还没有回来，伞下只有两桌客人，遥遥各据一边。一桌是一对白人老夫妻，另一桌是一对中国男女。他们很年轻，晒了一天的皮肤红通通的，似乎还在散发热气，像很多旅行中的情侣一样，一脸不高兴地瘫在椅子上，低头看着各自的手机。

Beer，女服务员说着，放下一瓶啤酒和两个玻璃杯。谢谢，她用英语说。一口啤酒掉下去，她感觉到了胃的形状，是个冰凉的扁口袋。她又喝了一口，挪动身体想把腿盘进塑料椅子，却感觉浑身酸痛，像被揍了一顿。啊，她轻呼道，在两个人之中，这也可以视作一声召唤。但是坐在对面的他却低头看着手机，一点都没有接话的意思。

从山上下来之后，他就是这个样子，对着手机戳来戳去，不说话，也不看她。她说，去洗个澡吧，换身衣服再去吃饭。嗯，他应声，却没有动的意思。那我去洗了，交给你一个任务，好不好，她说。看他没有吭声，她接着说，你来找找我们待会去哪里吃饭，好吧？他的喉咙里响了一声，大拇指又在手机上连戳几下。等她洗完澡，看见他还穿着一身尘土的脏衣服躺在白色的床上，两只手和两只眼睛围着手机，圈出一个方形的世界，显然不欢迎她进入。她忍住尖叫的冲动，对自己说，我是来玩的，不能生气。于是她甚至没有停顿，上网找到这家餐厅，评分4.8，英文留言说：好吃！热情！非常本地！……去这家咋样？她说。好，他看都没看，穿上人字拖就出来了。

"你不喝一点吗？还挺好喝的。"她用一种人们称之为娃娃音的腔调说。

"一会儿的。"他说。

她上身前倾，趴在桌上，那样子像是要从很低的角度掀起他的头："别玩了，我们说说话呗。"

他的头很顽固地低着，声音里有了一点不耐烦："等会儿。"

我是来玩的，不能生气，她跟自己说，但是胃里一阵痉挛。啤酒带来的凉爽消失了，一阵热气从身体里往外蒸，脑中轰起大片的云，皮肤麻麻的，不知哪里痒得要命，她无意识地挠着，转头看向小屋："怎么这么慢啊？"娃娃音的假声，快要转变为烦躁的真声了，通常，这种发声转换就是她即将发怒的前兆。

他双手捧着手机，大拇指猛烈地抽动着。

"终于……"她仍旧盯着那个方向，松了一口气，又不失埋怨，仿佛是一个情感饱满的现场记者，向她唯一的听众现场直播。而这听众趁她没注意偷偷抬眼，瞥见女服务员端着托盘，从小屋走出来。

就在他收回眼神的瞬间，现场记者的声音又提高了："咦？怎么先给他们上了？"

这话像是按下一个开关，他迅速抬起头，看见女服务员在分岔口拐了个弯，端着托盘笑嘻嘻地朝那桌白人老夫妻走去。"谁？他们吗？"他问。

她立刻抓住了他的反应，或者甚至，她早有预料，于是恢复了假声，像在告状一样："你看呀，明明是我们先来的，怎么先给他们了？"

"是吗？"他的颓废和沉默都消失了，腰板直起来，眼睛直勾勾地盯着女服务员走过去，放下一个盘子。"好像就是咖喱鸡。"他说。

"看着像。"她说。

他们都定定地盯着。女服务员笑盈盈地夹起托盘，和那对白人老夫妻说着什么。"你确定是我们先来吗？"他说。

"确定啊，我们来的时候这儿还没人呢。"

这时他似乎已忘了游戏，将手机啪地反扣在桌上，狠狠吐出几个字："他妈的，狗日的殖民地！"然后伸手笔直地一招。

女服务员离开那桌，正要走回小屋，看见他招手，一个急停，拐了过来。她轻快地走着，经过了许多蓝白色太阳伞、白色塑料桌和红色塑料椅。这条路能有多长呢，十米？二十米？三十米？怎么好像走了很久？时间过得如此之慢，她终于放松了四肢，蜷进塑料椅子，看见他身体内的愤怒像气球一样鼓胀起来，越来越满，等待着爆炸的那一刻。远处，夕阳趴在辽阔的海平线上，长长的粉色光焰随水波颤动，紫色和橙色的光芒染遍半个天空。这是她的男人，她想，再怎么样，终究还是她的男人。

她和他是中学同学，大学考到同一座城市，却很少见面。研二那年，在暑假回家的火车上，她提醒邻座的男人iPad声音放小一点，男人看着她，什么也没说，大拇指在iPad上一按一按，声音更响了。她正准备提高音量跟他大战一场，后面座位上有一个人站起来，他又高又壮，声音低沉浑厚。"嘿，哥们！"他说。看iPad的男人回头仰望着他，还是没说话，大拇指又一按一按，声音变小了。那是她最初爱上他的时刻。我一听声音就知道是你，他的大手按在椅背上，眼睛亮晶晶地看着她。这么巧的吗？她说。心里出现了一些新的东西，竟让她忸怩起来。

接下来的事情就是那么自然。她是一个出色的小镇做题家，从小她就明白，只有考试，上大学，才能走出家乡，改变自己的命运。而这一切，都只能靠自己，张牙舞爪，心思计算，一刻也不能松懈，包括一张火车票，包括在火车上安静地睡一觉。可是那一刻，她突然觉得，她累了。返回学校后，她放弃了保送博士的资格，也没有去当时最抢手的外企，而是去一家国企做了行政。稳定，清闲，以后生孩子产假也能保证。而他当时已进入一家跻身世界五百强的外企，待遇优厚，有房有车。在上升的时代里，他们是一对皆大欢喜、富足无忧的年轻夫妻。社会像个大卖场一样展开，她可以不看价签，直接将商品放进购物车，仿佛这样才能补偿过去清苦的做题生涯。新房子里，厨房装修得很漂亮，但他们很少做饭，而是常去各种风味的餐厅，尤其是她，练就了一双挑剔的眼睛和一张精细的嘴巴，那不是单纯来自感官的训练，而是对一整套标准和知识的学习——她似乎把荒废多年的做题能力都用在了品评美食上。他们就像一对美食鉴定官，她负责鉴赏、发现问题：葡萄酒的储存温度不对，汤的火候不够，香料不对，原材料不好，甜点则太甜……而他负责用浑厚的声音叫，服务员！过来一下！这样，她得到了好的服务，他得到了面子，而餐厅在他们的帮助下提高了质量。妥妥的共赢，不是吗？

当然，像所有新兴的中产阶级一样，他们最爱的还是旅行——出国旅行。

今年，因为他创业太忙，整年都没能出国，年底时，在她的坚持下，他们决定找个海岛休息一下。不要去那些中国游客很多的地方，她说。对，他说，感觉跟没出国似的。在这些方面，他们是很契合的。最后，她翻了一整本 *Lonely Planet*，挑中了狮子岛。

狮子岛上并没有狮子，据说是一个欧洲探险家乘船经过这里时，迎面看到岛上一面光秃秃的悬崖，四周绿荫扶疏如同毛发，为了向水手们炫耀，他喊出了自己曾在非洲草原上猎杀过的猛兽名称。于是狮子，这个岛上不存在的动物，就成了岛的名字。由于距离首都很远，往返不便，所以旅行团不喜欢来这里，*Lonely Planet* 上说，只有那些真正懂得旅行、有探险精神的人才会来狮子岛。

代价就是，路程很长，他们坐了五个小时飞机，又跳上一艘破旧的渡轮。潮湿的甲板上散乱地堆着绳子和橙色救生衣，中间十几排塑料座椅，凹陷处都停着一汪水。自然，没有人坐下，人们靠在船舷上，随着波浪轻轻地起伏。

你看，他兴奋地捅捅她。她明白他的意思，除了他们，船上都是白人。船舱里仅有的干燥处，在他们时髦的行李箱旁边，放着许多脏兮兮的登山包，像沾满面粉的饺子滚成一堆。甲板上，有穿着桃红色浅蓝色防晒衣、皮肤松弛的老夫妻，也有一群青春期男孩肆无忌惮地大声说笑，男孩们的眼神总是瞟到船舷边，那里站着一个美丽的金发女孩。像那些男孩一样，他的眼神也总往那边飞，于是她捅捅他，咋了？你喜欢这样的吗？他故意左顾右盼，谁？你说谁？少来，你脸都红了，她推搡着他。他说，要不也行，我委屈一下，娶个二房，为国争光？她用拳头捶他，说，你敢！

旅行真好，他们仿佛回到了刚恋爱时的样子。她瞥了一眼船舷边的女孩，那侧影的确美丽，有一种生机勃勃的孤独，让她想起自己刚上大学的时候，也常常背着登山包独自旅行。说实话，她有点怀念那样的自由，不过，也就是一点点，她可不想再住青年旅店，也不想担心随时到来的骚扰了。相比起来，她更喜欢现在。她想和他一起，住五星级酒店。

但是，一到这家五星级酒店，她就感觉不太对。所有的白人游客优先办理入住，最后才轮到他们。前台的女孩看起来对白人更热情，嘴巴完全咧开，笑得像朵花，到她时，脸立刻拉了下来，只有嘴角不得已地往上挑，露出一种假笑。也没有多余的话，只是简单地说，护照，劳驾，信用卡，劳驾。就是这样。算了，她想，可能是自己太敏感，出来玩别想太多，还是要开心点。正当她回头张望，想看看他在哪里的时候，女孩微笑着抬起头说，抱歉，您的信用卡没有通过。为什么？不可能，她说。他们出国时都用这张卡，额度五十万，不可能有问题。女孩仍然微笑着递回了卡，抱歉，您还有别的卡吗？一定是系统问题吧，她想，还好她带了足够的现金。递过那些崭新的绿色钞票时，她没有忘记提醒女孩说，你们的系统太落后了，应该升级。女孩微笑着说，非常抱歉，这是你们的房卡。

9

这时，他兴高采烈地回来了，手里捏着一沓旅游宣传单。

走进房间，一放下行李，他就把宣传单铺在床上，仔细读着上面的英文。她却停在屋子当中，说："你有没有发现，我们的别墅是离海边最远的？"

"是吗？"他从宣传单里抬起头来，左右张望，好像在穿透墙壁寻找大海的方向，却又很明显地心不在焉。

一些说不清的心烦意乱，让她想着，算了。旅行就是这样，最好的部分是事前的筹划和事后的回味，旅途上都是烦恼，永远如此。再说，住在海边也有坏处，远点也好，这栋木屋虽然看不到海，但面对花园，一路走来能看到修剪整齐的草坪，鹅黄色的鸡蛋花，还有蓝色的游泳池……也可以了。她打开行李箱，拿出洗漱用品和衣服，努力让自己忘记刚才的烦心事。"你看好了没，明天想玩什么呀？"

他逐个念着那叠宣传单："滑翔！摩托艇！潜水！海上跳伞！……哇，我每个都想玩！"

"天哪，听起来都很危险啊！"她像是在抱怨，却又很明显被他的快乐感染了，"我们不能就美美地坐在海滩上晒太阳吗？"

"那还有什么意思？"他大笑着，"你看这个！"宣传单上，一个男孩像猴子一样吊在绳索上，咧开嘴夸张地笑着，上面两个单词：Jungle Fly。

Jungle Fly。想到这里，她才发现，原来手指缝里不是蚂蚁爬过，而是起了一片细小的红疹，并渐渐蔓延到了手背。她克制不住地浑身一阵战栗，这是哪里来的？太阳晒的？还是那个手套？……对，应该是手套。

在山下戴上黑色攀岩手套时，她就觉得很不舒服，因为手套里有汗湿的感觉，很明显是上一拨游客刚刚用过的。这时教练问，你们以前有没有玩过 Jungle Fly？她摇摇头。他却兴奋地说，yes！黑色手掌握了又张，张了又握，互相捶打着。Yes？她问，什么时候？我咋不知道？他神秘地笑笑，说道，没事，这个很容易的，待会你走前面，我来保护你。

一开始，的确很容易，就像商场里的儿童乐园一样，他们一队八人，沿着一段倾斜的绳梯走上去，离开地面，靠住一棵树干，再走一段绳桥，到另一棵树。站在木板上低头看去，地面上的杂草和脚印都清清楚楚。是不是？我说很容易吧？他从后面跟上来，对她说，咱可不能输给这帮老外！这时她才发现，一队八人，除了他们，倒有六个白人。

下一段是垂直的铁梯，教练先示范，然后指挥他们轮流上梯。OK! Go! Wait! ... Go! 在她之前的三个白人女孩，身体强壮且动作熟练，手脚交替，很快爬了上去。她全神贯注地跟上。很快，她明白了规律，必定是往上攀登一段铁梯，再过一段绳桥，一竖一横，再一竖一横，从一棵树，到另一棵树，在茂密的绿色树冠之中穿行。

突然，她听见教练远远叫道，Wait! 于是她停下来，往下一看，只觉一阵晕眩，地面旋转着往下掉，掉得很深很深，原来不知不觉间，她已经腾起在半空中，脚下只有一块小小的木板，得抱住树干，小心不要掉下去。她抬头看去，密密的树冠遮住了天空，风从树叶中吹来，沙沙作响，还带来一阵笑声和说话声，似乎很近，又似乎很远，大概是那三个女孩，已经往前攀援了。原来树上的世界是这样的，这么空，又这么寂静，让她心惊肉跳，又欣喜。她抱着树干小心翼翼地转过身，朝后面叫道，快来呀！还没有说出"这里好漂亮啊"，就见教练站在旁边，一脸的不耐烦。顺着教练的眼神看去，她看到他两手两脚张开了一个大字，攀在绳桥上一动不动。说一动不动也不对，事实上，他的四肢还在朝着四个方向疯狂地摇摆。她吃了一惊，忍不住哈哈大笑起来。她一直以为他很强壮，没想到在丛林中，他庞大的身躯却变得如此笨重，像大虫子被缚在网中徒劳挣扎一样。也许听到了她的笑声，他奋力挪动一只脚，向前踩去，没想到一脚踩进网眼，整个人失去平衡，跌倒在绳桥上。

她惊叫起来，更加用力地抱住了树干。教练是个黝黑、矫健的年轻人，只听他厉声喝道，Don't move! Wait! 等他停止挣扎，身体完全安静下来，教练又说，Now move leg! Wait! 他每动一下，绳桥就被牵扯出一阵疯狂的摇晃，于是一动一等待，再动再等待，按照这样的节奏，似乎过了很久，他终于站上木板，抱住了树干。她刚想出发，却被教练伸手拦住，Wait! 跟在后面的是两个白人小伙，他们很快走过绳桥，越过他们继续前行了。不可思议，她和他挤在一块小木板上，教练竟然看都不看他们一眼，只顾指挥着最后一个白人小伙。显然，小伙也是生手，穿着白衬衫和牛仔裤，四肢同样很不协调地在绳桥上乱晃。她说，你看，他还不如你呢。说不清这是安慰，还是埋怨。他没有应声，只是双手紧紧抱着树干，大口喘着粗气。

最后一个白人小伙也走了，教练终于转身看向他们，说出的话却让她意外。你们想放弃吗？他说着，指了指旁边，那里有一道往下的铁梯，这是途中唯一的出口，现在后悔还来得及，过了这里，就只能走到头了。教练站在半空中就像在平地一样，轻松自如，和很多当地人一样，他有一双很深、很帅气的眼睛。你想放弃吗？她问他。他仍旧抱着树，面色苍白，眼神往铁梯的方向瞟了一眼，立刻收回来，抿着嘴一言不发。她撸撸他的后背，像撸一只猫，说道，没事，不行咱就放弃。他却身体一哆嗦，尖声叫道，别碰我！倒好像她要把他从这半空中的木板上推下去似的。难道他还恐高吗，她想着，回头看看那蜘蛛网一样的绳桥，再看看陡峭的铁梯。来都来了，是不是？她转头对教练说，我们继续。你们确定吗？教练瞟了他一眼。

确定，她说。好，教练的眼神看着她定了一定，说，你做得很好，你教他。没等她反应过来，教练指着前面的绳桥，又说，我在前面等你们。说完，他手脚并用，走过绳桥，迅速消失在密林中。

"什么？"她看着教练离去的方向，呆住了。

"回去投诉丫的。"他双手抱着树干，嘟囔道。教练的离开，似乎倒让他放松了一些。

"我们太慢了，你想过吗？是我们太慢了，前面的人还等着呢。"她急躁地说，声音里满是怒气。

"如果我们是白人，你觉得他会丢下我们吗？"他反应很快。

她沉默了。四周的树叶簌簌摇动，不知是风，还是有动物穿行。在她的人生中，还从未有过这样的处境。她不知道哪种更让她烦恼，是困在一棵树上，还是变成了倒数第一？不，倒数第一的不是她。她从未想到，这个抱着树干、像熊一样的男人，会变成她的累赘。刚才，就在等他过桥时，不知为什么，她突然想起一件事。结婚后，她带他去看望硕士导师。那时他正在申请外派瑞士，如果成功，就是公司最年轻的高管，她也可以去欧洲，过上另一种生活了。她问，老师，您看他能申请成功吗？导师是一位女学者，学术之余，还钻研星座塔罗等等神秘术，很多预言都应验了。老师您帮我看看嘛，她说话间当然不无炫耀的意思，您看我是不是可以收拾行李，跟他去欧洲了？

导师看看她，又看看他，却没有看牌，也没有问任何讯息，直截了当地说，去不了。这答案实在出乎意料，她不免有些急了，问道，真的吗？您是怎么看出来的？导师笑笑，当然是运用知识啦。知识？什么知识？她追问。导师站了起来，知识，你还不知道吗？就是所有的知识。这段绕口令一样的对话，总让她觉得，导师是在责备她放弃读博，选择了他——不，她只是选择了更好的生活而已。她当时想，有一天她一定会向导师证明，自己的选择是正确的。没想到，一个礼拜之后，他告诉她申请没有成功。欧洲生活就此化为泡影。那是她第一次对他感到失望。

也许是有些报复的意思，也许是真的想不通，她决定问最后一个问题再出发。你不是说以前玩过吗？跟谁玩的？他的气息原本已平静下来，此刻又有些急促，说道，没谁。她心里闪过一个念头，随后，她难以置信自己竟说了出来，你不会是在游戏里玩的吧？他的脸腾地红了，那咋了？我也没想到这么难啊！她扶住树干，大笑起来，笑声穿透树林，扑腾扑腾惊起许多鸟。真牛！她连名带姓地叫他，你可真牛啊！

女孩看上去只有十几岁，皮肤黝黑，什么都圆圆的，圆圆的脸，圆圆的眼睛，圆圆的鼻头，还有一双厚嘴唇。刚才点菜的时候，她就是这样睁圆了眼睛：Chicken? Beer? OK! 一脸的淳朴天真。她忍不住回想着，女孩对他们的态度到底怎么样？好像也还行啊，不，还是不如她对那对白人夫妻，可是，又能怎么办……平素敏感的她，这时却想不出确定答案。昨夜以来压抑着的不安，这时又升了起来，让她心事重重地看向他。

他已经准备好了。等女孩一站定，愤怒的英语单词就从他的胸腔喷射出来："我们先来，他们后来，为什么你先给他们上菜？"

女孩吓了一跳，笑容瞬间消失，眼睛瞪得更圆了。这完全出乎他们的意料。按照以往的经验，服务员会立刻道歉，即使是敷衍，即使推卸责任，也是合理的，女孩却定在了那里，像尊滑稽的娃娃塑像。

女孩听不懂这句话，他一定也意识到了这一点，用力一拍桌子，更加大声地说着英文单词："我们，先来，他们，后来，你应该先给我们！懂吗？"

女孩原地弹跳了一下，又往后退一步，用托盘挡在身前，倒像是他要打她似的，表情更加惊恐，也更加滑稽了。

湿疹好像会生长，从指间爬到手背，又从手背爬升到手臂。她克制不住地挠着，心想，这还是个小孩子，简直就是童工，根本不应该做服务员，和女孩相比，他简直就是个巨人，没有人会忽视他的存在。和他在一起，不，仅仅想到他，就已经让她很有安全感了。但是，现在她有些不确定了。

"算了……"她出声劝道。

他立即伸出一只手，像是阻止她说下去，又像是把她推开。他没有看她，甚至像是故意不看她，眼睛仍旧紧紧盯着女孩。在他的眼神和表情中，她看到了一种她很陌生的东西，仿佛他决定将所有的挫败和狼狈都在此刻转化为残忍，发泄在这个至多十二三岁的女孩身上。

气氛无声又压抑，三个人都定住了，像是在玩谁先动谁就输的游戏。她曾在网上看过，训狗的时候，为了让狗明白谁是主人，训狗师要和它对视，直到狗转移视线，就表示它屈服了。眼前的场景就有些相似。有一瞬她甚至觉得，如果他手中有鞭子，一定会毫不犹豫地挥向女孩，就为了证明谁是主人。

也许只有几秒，也许过了很久很久，就在她快要喘不过气来的时候，女孩先动了，她圆圆的眼睛绝望地眨了一眨，瞬间停满泪水。然后，他动了，身体往后一靠，肩膀松了下来。女孩仍旧看着他，努力睁大眼睛，不让眼泪掉下来。他突然笑了笑，眼神变得松弛，自信，又抬起手，轻轻挥了挥，那动作相当优雅，犹如一个老练的贵族。女孩紧紧握住托盘，倒退两步，迅速跑开了。她也动了，她转头看向女孩逃跑的方向，女孩一边跑，一边用手背抹脸。远远地，白人老头正笨拙地用筷子捭起一块鸡肉。这里发生的小小戏剧，他们一无所知。

感觉跟过了一年似的，他们终于走出幽暗的树林，眼前霎时一亮，阳光白花花地洒在一片空地上，远处绿色的群山肩膀靠着肩膀，共同怀抱着一个深深的山谷。山谷之上，一条黑色的绳索贯穿长空，直插到对面的崖壁。

"索道！"她欢呼起来。

欢呼当然是因为度过了艰难的攀爬。刚刚的那段路，最难的不是攀爬，而是压下自己的不耐烦，像哄小孩一样待他，对，就这样，很棒……她想到小学时，老师让她辅导同桌的作业，同桌是一个又高又壮、像马一样的女生，很简单的题目，同桌却无论如何都做不对。这样，这样，懂了吗？她说得嘴都干了，同桌还是咬着铅笔一声不吭，于是趁老师看不见的时候，她用力在同桌厚厚的背上捶了两下。现在，她带着他走出了丛林，而且成功地隐藏了自己的心事，她想，我真是长大了。

欢呼的另一个原因——即使她意识到，也不一定愿意承认——是索道边站着那个黝黑、健壮的男性。一霎时，她忘了他弃他们而去的不职业行为，也忽视了教练脸上不耐烦的表情，走过去说，对不起我忘记了，教练，你叫什么名字？教练愣了一下，意外而戒备地回答，阿莫德。阿莫德？她重复着，这是什么意思？太阳的意思，教练向天上指了指。但太阳不见了，它已熔化在天空之中，只能在阿莫德黑色的眼睛中看得到。所以，她说，太阳，其他人呢？太阳指了指索道那边，都走了，回去了。哇哦，她说，连那个白衬衫也是吗？她比画着，模仿白衬衫四肢不协调的样子。太阳终于笑起来，长长的睫毛制造出一片小小的阴影。

在他们谈笑的时候，不可能看不到他。他走出树林之后，迎面看见索道，像见了鬼一样，脸色更苍白了，一屁股跌坐进尘土里。

所以，太阳，她说，这是最后一步了吧，过去就结束了，对吗？对，太阳点点头。她转身对他说，听到了吧？最后一步！坚持就是胜利！

他直勾勾地盯着前方，从他的角度看去，不见山谷，只见长长的黑色索道。我不行了，他喃喃自语。太难了，她对太阳说。太阳说，其实非常简单，你看。咔咔两下，他把安全带扣进索道上的锁具，双手握住锁。看，他说，然后紧跑几步，双脚用力一蹬，蜷起身子飞了出去。哒哒哒……锁一寸一寸错过长长的索道，带着太阳飞走了。

"最后一步了，你最爱的索道。"她说。

他不可能听不出她语气里的冷淡和讽刺，停了一瞬，他的声音从后面传来："操。"

她同样被他声音里的一些东西击中，回头看着他。忍了一路，她差点脱口而出，别装了，我都知道了，存款没了，房子抵押了……昨天晚上，她一夜没睡，从他的手机里拼出这些信息，最终决定装作什么都不知道，等回去再说，不能破坏假期，这必须是个完美的假期……愤怒和委屈让她嘴唇颤抖，我知道了，我都知道了，她在心里呐喊着，但还是一句话也说不出来，只是瞪着他。

哒哒哒哒哒，太阳又飞了过来，像一个轻功高手一样跃上平地，说，很简单，OK？他往他们身上扫了一眼，似乎感觉到了两人之间气氛的变化，犹豫着问道，谁先来？

她走上前去。刚才她的注意力全在两个男人身上，这时才看到索道的真相——这下面是万丈深渊。太阳，如果我掉下去的话，会死吗？她问。太阳帮她挂上安全锁，深深的眼睛离她很近，他用一个情场老手的声音说，你不会掉下去，你会变成一只蝴蝶。然后轻拍她的肩，走吧！

她深吸一口气，助跑几步，用力一蹬，然后感觉脚底一空，往下坠去，无边无际的恐惧占据了身心，她不由自主地大叫起来，啊——意想不到地，胸中催生出一种愉悦。她继续大叫着，这时不再是恐惧，而是庆祝，庆祝自己孤身刺入天空，又完全地被风接纳。气流从身边游过，山谷似乎是活的，身下层层叠叠的绿树，像是毛茸茸的大动物，涌动着，欢迎她，包围她。世界这么大，这么美丽旷净，只有她一个人在飞翔。就那么几秒，但也足够了。她被前所未有的轻松和自由包裹着，忘记了一切，忘记了刚才的愤怒和挫败，大叫着，直到对面的山崖撞上来。她学着太阳纵身一跃，踉跄几步，站住了。

远远地，她看见太阳帮他挂好安全锁，叮嘱着什么。

他的双手吊起来，他一定很害怕，她想。经过了刚才那几秒，隔着山谷与索道，她恢复了一些温情和爱意。他有他的好处，他的工资卡从来是上交的，那年申请外派失败后，作为补偿，他带她去欧洲玩了两个礼拜，回来之后，他找到一笔投资，开始创业，他总是说，等下一轮融资到位，他们就财务自由了，从此想去哪里就去哪里……到底什么时候自由呢？有时在单位遇到不顺心的事，她就会问他。他总是说，已经和李总谈好了，放心吧……昨天等他睡着，她打开他的手机，才知道新一轮投资一直无法到位。合伙人群里，有人建议他收缩业务、降低成本，他不同意。再撑一撑，大家相信我，他说，我一定会找到新投资人的。为了撑下去，为了发工资，他抵押了房子，连信用卡都透支了……放下手机，她睁着眼睛把所有的可能都想了一遍，怎么办？生活里出现了山谷那么大的窟窿，该怎么填？用什么填？……离婚吗？不行，她无法想象自己身边没有他……她看着睡着后他的背，像一座小山那么厚，突然意识到一直以来，自己竟对他的生意一无所知。对，她想，也许我应该早一点关心他……

远远地，他助跑了两步，哒哒哒……安全锁摩擦着绳索，伴随着重力，将他迅速带离那边的岩壁，向这边驶来。又重又快，沉沉地坠着绳索，他的脸从远到近，从小到大，几乎是向她冲了过来。

看着这张越来越近的脸，就像看到即将面对的未来，她突然再次害怕起来。逃吧，她想，越远越好。但是，没等她跑开，他就慢了下来。这是最后一步了，应该要伸出双腿，利用惯性跃上平台。不知道为什么，快要到底了，他还没有往前跃，下坠的速度越来越慢，安全锁吱吱扭扭，一点一点停了下来。他抬头一看，像醒过来一样，努力伸出双腿，但来不及了。他没能够到平台，反而被向后的坐力一带，往后悠了一点，离她更远了。

山谷里有风，她清楚地看见他的头发已经汗湿了，眼睛里都是血丝。安全锁带动他的身体旋转着，重重地往下坠。他露出一截白肚皮，就像被拷打的犯人。

昨夜出现的恐惧、歉疚消失了，刚刚出现的温情、怜惜也消失了，她再也无法控制内心的暴怒，大叫道："跳啊！你为什么不跳？你到底为什么这么笨啊？什么事情都做不好，我要你有什么用啊？天哪，我怎么这么倒霉啊！……"

咫尺之外，他仍然在徒劳地、微弱地往前摆动着双腿，一边说着什么，传出来的声音非常虚弱，呜咽一样，隐隐约约，很像是："老婆……我不想死……"

慌乱中，她擦了一把眼泪。那旋转着的身体里，那双曾经大而明亮的眼睛里，第一次有这么多内容，绝望，恐惧，脆弱，慌张，也许她看错了，也许并没有看错，那眼睛里还有一点恨意。

在太阳飞过来之前，在那天旋地转的一瞬，她心里升起万千念头。其中之一是，黑色的绳索支撑不住这样的重量，终于裂开，他像一颗松果离开松树一样，沉沉地坠入山谷，在谷底厚厚的落叶上激起噗的一声。从此世界安静了。

菜很快上来了。仍然是那个女孩。

他一直盯着女孩，脸上露出那种暴力过后片刻的后悔，也许他像她一样，想知道女孩到底几岁。但是女孩一直低着头，没有说话，也没有笑，黑色的手将一个又一个盘子端上桌。咖喱鸡，春卷，虾饼，虾酱空心菜，炒米粉，齐了。女孩低着头，夹着托盘退下了。

他夹起一个虾饼，说："这种地方的人就得教育，是不是？不教育，能这么快吗？得让他们知道，现在不是以前了，不能光伺候白人老爷了……"

仿佛是为自己辩解，他越说越多，振振有词，却不知道在哪里停下来。就在他的声音快要露出一点绝望和虚弱的时候，她突然开口说："你得裁掉一半人。"

嚼着一嘴虾饼的他呆住了，好像是在说：你知道了？你怎么知道的？

她也不知道自己为什么这么冷静："我的意思是，你刚才做的是对的。"

"是吗？"听起来是在肯定他，他高兴起来，却又有些茫然。

"当然。"她又想到了太阳，他双手握住索道，交错前行，不时腾出一只手推他，那一步的距离，竟推了好久，才到达简陋的平台。太阳满脸都是汗，全身湿透了，从他身上卸下装备，看了她一眼，就离开了，眼神里似乎有些同情，而那同情竟是那么伤人。"我们花了钱，可不能买气受。"她说。不过，那还不是重点，昨天晚上以来，她一直在用尽所有的力气盖住心里裂开的大洞，直到刚刚闪现出这个念头。"我觉得你刚才特别棒，特别果断，这才是我认识的你，"她停顿了一下，看着他的脸亮起来，"你要记住这种感觉，回去裁掉一半人，先降低成本，再去找投资。"

　　他的眉头又皱起来，显露出不太高兴的样子，就像一个不愿去学校的男孩，嘟囔着："你不懂……"

　　她继续说："要是你不行的话，我去你们公司，帮你裁……"

　　就像她预料的一样，他立刻回答说："我怎么可能不行？"

　　她笑了，越过桌子握住他的手，又恢复了娃娃音："你不要忘了，你是老板，不能太好心，会被他们欺负的，我是不放心你……"

　　"我知道了。"他的语气有些不情愿，似乎后悔做出了刚才的承诺。突然，他注意到她的手，立刻将话题转移开来："你的手怎么了？"

她把手抽回来，淡淡地说："没什么，大概过敏了。"

　　他又吃了一个虾饼，下了很大的决心似的，说道："这样，明天不玩了，我们就好好休息，美美地坐在沙滩上。"

　　她做出欣喜的样子说："真的吗？"随即又大度地表示，没关系，还是可以去玩的，他想玩什么都可以，她都愿意陪他，至于湿疹，只要涂点药就可以了。

　　"你带药了？早说啊！"他的眼睛又亮起来，身体往后一仰。她真是羡慕他，如此容易就恢复了快乐的心情。他计划明天去骑摩托艇，说着又摩拳擦掌起来："看着吧，明天我一定要报仇雪恨。"

　　随后，他们谈起了这里的菜。味道还可以，她说。服务不行，他说。然后，他们又谈起了海边的房子，不知道价格贵不贵。那也不值得投资，他们异口同声说，然后笑了起来。

　　她轻轻抚摸着手背上针尖一样的疹子，像春天地上冒出的密密的笋，担心它们会一路蔓延，直到全身。

　　夕阳已经落下，海变得很深很静，月亮从山上升起，路边的灯亮了，人们穿着游泳衣从海边回来，落了一地的沙子。这是出发前她曾梦想的场景。

敏敏的遗产

你小姨，又有新闻唻！妈妈在电话那头说。如果声音有眉毛眼睛，此时一定在空气里上下飞舞。啥新闻？我配合地问，一边坐在地上，将新到的羊毛地毯铺开。飞——来横财！爸爸的声音同样兴奋，却又有点酸酸的。我忍不住笑了，到底啥事体？

　　老早点18号楼，妈妈大声说。背景里喇叭声、车轮声、人声响成一片。住在我们楼下的敏敏阿姨，你记得吧？敏敏阿姨？这个名字在我脑子里转了一圈，似乎有轮廓若隐若现，却又描不清楚。哪个呀，我问。她后来出国了呀，想起来了吧？妈妈说。好像有点印象，我说着，努力压平地毯的四个角。就是那个呀，妈妈似乎不满意我的敷衍，急切地说道，她姐在隔壁小区有七套房的，你晓得吧？我眼前立刻出现了那个高档小区，郁郁葱葱的花园、健身房、游泳池、宽阔的阳台……一套总价至少一千万，七套，毛估估有一亿呢。我手里的动作不由得停了下来，咋了？你晓得吗，妈妈石破天惊地说，她死了！

天呐，那她房子给谁了？得交好多税吧？天呐……我在心里快速地算着税率，又听到妈妈说，不是她！是敏敏！敏敏死了！哎呀妈妈，我坐下来，将翘起的地毯又压下去，妈妈，你颠三倒四的，越说越远了，一歇歇敏敏阿姨，一歇歇她姐姐，到底跟小姨有啥关系？

啥关系？我讲给你听，妈妈停顿一下，蓄了些力，宣布道，敏敏把遗产都留给了你小姨！你讲，有关系伐？

亲戚们的八卦，向来是妈妈跟我聊天的主题，这个舅舅欠了那个姨妈的钱，不知哪个姨妈又在背地里说其他姨妈的坏话，在我听来，都是些无聊小事，从不走心，只是嗯嗯啊啊地听着，这事却勾起了我的好奇心。敏敏阿姨的遗产？留给小姨？为什么？她在哪个国家？怎么死的？小姨怎么去拿呢？……这一连串问题，妈妈一个都答不出。她只是在打麻将的路上接到了小姨的电话，第一时间就转述给了我。

涉及钱财，爸爸比我更紧张，只听他在一旁说，要不然，晚点打电话过去再问问清楚？哎呀，问啥问？妈妈的声音不耐烦起来，人家的事情，人家讲一讲，你听一听，大概晓得就可以了，问那么多干吗！这话也提醒了我。对哦，好奇归好奇，我说，你们千万不要让小姨来找我，到时候又要翻译，又要帮忙办手续，烦死了。我晓得的，妈妈的语气立刻缓和下来，还带着点讨好，她说，你放心。爸爸在旁边又说，那万一，人家要来找呢……还没等他说完，妈妈的声音又提高了，哎呀，你闲话怎么那么多！只听爸爸讪讪地嘀咕着，好好好，你们讲，我不讲了。

我笑了，这就是我们家的权力结构：我第一，妈妈第二，爸爸第三，不对，馒头第三——这是一条黑色的小狗，此时悄无声息地趴在我身边，正好压住地毯一角。我抚摸着它卷曲的毛，说道，小姨还是应该找个律师，这种跟钱有关的事，亲戚们少掺和，否则到时候说不清楚。妈妈昂然道，对，女儿这点像我，不贪财！

停了一下，她又问，房子弄得咋样了？我上下看看，这个三十多平米的 loft，虽然无法和原来一百平米的大套相比，倒也算是温馨。基本好了，我说，剩下就是添点小东西。好好，嘈杂的车声中，我听到妈妈说，你搬到我身边，我就放心了。好了挂了啊，她又说，我要去打麻将了。

第二天一早，我就被一阵规律的敲击声吵醒了。笃笃笃笃，笃笃笃笃，像是谁家在敲钉子。我蒙着被子翻来翻去，终于等到敲击声停下来，却又听见隔壁小孩的哭闹声：不要，妈妈我不要！啊啊啊啊！我不要啊……听了一会儿，就完全清醒了，我只好起床，推开窗户，这下更夸张，一大片市声轰地腾上来。毛豆！新鲜剥好的毛豆！便宜卖了噢！一个男人的声音分外洪亮，远处的叫卖混成一片，花生，花生！……全场八折！收款码到账……

我几乎忘了，这种吵吵闹闹的生活是什么样的。

其实，我就出生在这片街区。小时候这里比现在还要热闹，沿街都是小吃店、烟纸店、服装店……还有一种羊毛衫店，你可以看好颜色款式，量好尺寸，送去工厂加工。现在都没有了。很多店面被拆掉，变成了围墙，将小区圈起来，有的小区被拆掉，建成高档楼盘和商场，街面干净整洁了许多，房价也就翻着跟头上去了。不过，毕竟是老市区，有些地方还是老样子，还是那么嘈杂、乱哄哄的。比如我家楼下。难怪中介说，这个小区是附近的房价洼地，"性价比很高"。

你也跟着我回来了，开心不？我对馒头说。馒头汪了一声，一刨腿，拽着我冲出小区，冲进了街道。

刚回国时，我住在郊区一个高档社区，房子大，遛狗也很愉快，一出门就是错落缤纷的园林，春天漫天樱花，然后是开不尽的花，山茶、海棠、桃花……秋天槭树染红，满地都是乌桕彩色的叶子，还有草坪，小河……狗开心，人也开心。到了这里，遛狗真是让人紧张。窄窄的人行道上，只能容两人并行，再多一个就要挤下马路，可每家店前都有人停留，于是就像一场躲闪游戏，馒头在人腿之间穿行，我拉着绳子左闪右避，一边骂它，一边跟人道歉，一会儿工夫就满头大汗了。真不知是我在遛它，还是它在遛我。

终于，馒头停了下来，它低头左右嗅嗅，又仰头张望着。我顺着它的眼神看去，原来是一家早餐店。早餐店！我很久很久没看到早餐店了哦！的确，郊区生活很安静，但我最大的遗憾就是，没有小店，吃不到好早餐，只能叫外卖，这里竟然有早餐店，而且还有很多家！一路的烦躁顿时消失了，我拉着馒头沿路张望，光是卖饼的就有五六家，包子铺也有三四家，啧啧。最近的这家排着很长的队，阿姨爷叔都伸着脖子往里看。说起来，我在郊区就没见过这么多老人，他们拉着装满菜的小车，拎着妇幼保健院、张奶奶海参的袋子，拥挤着，排着队，吵着架，捻开钞票，打开字很大的手机页面扫码……原来清晨的城市是这样啊，对，本来就是这样的，是我忘了。这时，旁边一个声音说，这家的菜包好吃！原来是队伍中一位胖胖的阿姨，热情地向我介绍说，我每天都来买，好吃的！好哦好哦，谢谢阿姨，我笑着说，下趟来买！至于这趟，我已经看好了，要去买一块煎得又黄又脆的粢饭糕——有多少年没吃过这东西了哦！

再去路口买杯咖啡，就完美了。

去买咖啡的路上，我经过了 18 号楼。这里刚刚结束了"美丽家园"工程的建设，破旧的老公房修缮一新，外墙刷成红砖的样子。真的很难想象，那么小的房子——只有六十平米——以前竟能住得下那么多人！外公外婆、姨妈、舅舅、我们一家，作为知青子女返沪的表姐表哥们、表妹表弟们……人来人往，通常都有十多口。上大学前，我都只能睡在临街的阳台，夜里妈妈帮我打开折叠床，白天收起床，再打开折叠饭桌，我就在那里学习。小时候嘛，倒也不觉得辛苦，只是长大之后，就总想拥有一个自己的房子，越大越好……

当时敏敏阿姨就住在我们家楼下。昨天放下妈妈的电话，我从心里慢慢捞出了一个人，一个很爱笑、英语很好的阿姨。在我们那幢楼，敏敏阿姨是"文革"后第一个大学生，学英语专业，我记得她常常教我背单词。后来，我成了楼里第二个大学生。这么说来，我跟她还有点像呢，上大学之后，我们都离开了这幢拥挤的居民楼，工作、出国……像孙悟空翻筋斗，一个筋斗就是十万八千里，一个筋斗接一个筋斗，小时候的事已经被抛得很远很远，不再想起了。只不过，我一个筋斗，又翻回来了。虽然说，上海是大城市，可是这地方也和小镇差不多。真说不清楚到底是熟悉，还是陌生。

等咖啡的时候，手机振动了。想什么来什么，屏幕上闪烁着两个字：小姨。我心里暗骂，爸妈果然靠不住。

哎，小猫，小姨的声音沙哑得像个摇滚老炮，没有寒暄，也没有客套，风风火火直入主题：我的事情你妈妈告诉你了吧？

对的小姨，我抢先一步防守起来，划下现代人之间的界限，小姨，这种事你最好是找个律师，这种涉外的事情，很麻烦的，你得找个专业的人。

对的对的，要找个律师，专业一点，小姨快速重复着我的话，然后一秒也没有停顿，你帮我找吧？

我？我真没想到，小姨完全无视我划定的界限，就这么直接闯了进来，让我张口结舌，说不出话来。

对啊，小姨飞快而自然地回道，你帮我找个律师？

看，我都忘了，家里人说话就是这样，好像丝毫不存在拒绝的可能，我站在门户大开的领地上，毫无防守之力，不由自主地说，好啊，好啊小姨。

欢迎回家，欢迎回到我的小镇。

我喜欢把事情安排得井井有条，按部就班，这样心里有底，也最有效率。比如那天，和律师约好下午三点见面，我叮嘱小姨，两点半到我公司楼下，我们一起打车去，这样时间刚刚好。好的好的，我晓得了，小姨满口答应。但是到了那天，中午才一点多，小姨的电话就过来了，小猫啊，我到了。

我匆忙跟同事交代几句，下楼只见小姨站在旋转门口，手提一个肯德基的纸袋。小姨，你急什么？我没好气地说，你要知道，是他要做我们的生意，应该他急才对，我们这么早去，人家会觉得我们很好骗！哎呀，我坐不住！小姨说，又递过那个纸袋，你吃饭了没？我给你买了个汉堡包。

在我们这个人来人往、鸡飞狗跳的大家族，妈妈和小姨是最受外婆宠爱、也最漂亮的两个女儿。你小姨么，妈妈说，年纪最小呀，我么……每当这时，我就像捧哏一样接话道，我晓得，你聪明呀。妈妈的聪明并不体现在读书考试上，她总是小心地计算着，权衡着，做好生活里每一个重要的决策，让自己和身边人平安渡过危机。到了这个年纪，她最骄傲的就是，兄弟姐妹们当中只有她还拥有一个完整、幸福的家庭，尤其她还有我这个女儿——这辈里唯一一个考上 985 的小孩，是个"文化人"。其他人，离婚的离婚，丧偶的丧偶，欠债的欠债，坐牢的坐牢……小姨，就是把日子过得乱七八糟的典型。脚踩西瓜皮，滑到哪里算哪里，妈妈总这么说她。

不过说真的，我也不大了解小姨。在我印象里，小姨年轻时虽然只是个女工——可是说回来，那时候的工人好像都很时髦，她和姨夫常常一起去跳舞、滑冰、看电影，是一对亮眼的风流人物。和其他亲戚的斤斤计较不同，小姨还很慷慨。有一次我假期回家，那时我已上大学了，正好碰到她们姐妹在打麻将。哎呀小姨，我说，你今天穿貂啦，蛮好看的嘛！小姨立刻站起来，脱下那件一万多的貂，要送给我。我怎么推都推不掉。那是冬天，打完麻将，小姨就穿着单衣回了家。

也许就是因为这样，妈妈总说，小姨脑子糊涂，很容易上当。姨妈、舅舅们跟她借钱，她就借。朋友说有一个投资项目，回报率百分之七，她就转过去二十万，过了一年，朋友说项目亏光了，小姨也就算了。朋友嘛，她也有困难，是吧，小姨这么说。又有朋友说，可以去医院开药，再把药集中起来卖了，每月可以拿一笔收入。小姨就跟着去干。结果有一天，警察上门，说这是套取医保资金。小姨一整个傻眼。因为年纪大了，法院判她一年缓刑。直到现在，小姨还在服刑期，虽然不用坐牢，但必须定期去派出所报到，否则，以她的急性子，我猜她早就自己扑去瑞典了。

就是这么糊里糊涂、有时会走邪门歪道的小姨，桃花运和财运却一直不错。姨夫年轻时，是英俊幽默、工资可观的技术工人，几年前，他因车祸意外去世，肇事方和单位都补偿了一大笔钱。没过多久，小姨就找了个新男朋友，妈妈说，是跳广场舞的时候认识的。哟，小姨蛮抢手的嘛，我说。妈妈不以为然又神神秘秘地说，哼，你小姨，从来就没断过……太乱了！现在，竟然又有一笔意外之财，掉到了小姨头上！

不得不说，这一系列事情，让小姨在我心里的形象有了一些变化，原来小姨的生活这么传奇？简直就像影视剧里的交际花，江湖上的奇女子嘛。

小姨还在絮絮叨叨地跟我说，她四点多就醒了，先是起来遛狗，然后去超市买东西，路上发现忘带手机，回去拿好手机，又发现忘戴围巾，再回去拿围巾，跑了好几趟，才买好东西，回家给女儿做好早饭，又带男朋友去医院看病……我仔细看了看小姨，她打扮得还是很时髦，不，很花哨，染黄的大波浪有些干枯了，茶色太阳眼镜，灰色皮衣里面是一件紫色内搭，休闲裤上印着显眼的logo，脚蹬一双短靴。就是路上随处可见的上海阿姨的样子啊。我更加好奇了：小姨到底有什么魅力？为什么敏敏阿姨把遗产留给了她？

不出所料，我们早到了四十分钟，但是郑律师没有介意，他将我们迎入小会议室，又殷勤地端来两杯咖啡。你们尝尝看，他说，是现磨的。

会议室四周是浅绿色磨砂玻璃，中间有一张白色会议桌，几个黑色办公椅，这种乏味的办公场景，莫名地让我觉得很安心，小姨却很新鲜似的，东张西望，接过杯子重复着郑律师的话，哦，现磨的。

阿姨，我问一下啊，郑律师大约三十出头，西装领带，看上去很职业，却也有一种本事，可以迅速地拉近跟人的距离。说实话，一开始我也想过找做律师的闺蜜帮忙，但是再一想，不行啊，这笔遗产不知已经有多少人虎视眈眈，万一他们怀疑我拿什么过手的好处——亲戚们的事，可说不准，与其到时惹一身腥，不如一开始就撇清。于是我陪小姨去社区的法律援助窗口，请他们推荐有涉外资质的律师事务所。几经筛选，选定了这位郑律师，我看中的就是他的机灵、殷勤。说到底，法律服务，也是服务嘛。

阿姨，郑律师像家常谈天一样，对小姨说，你跟死者是什么关系啊？

我没想到，小姨撒起谎来眼都不眨。她无辜地看着郑律师，快速答道，我们是姐妹。

亲姐妹吗？郑律师问。

即使被戳穿了，小姨也并不脸红。不是的，她理直气壮地说，她亲姐姐对她不好，我对她好。

哦，郑律师停顿了一下，又问，那她亲姐姐知道吗？

小姨一秒都不犹豫，回答得斩钉截铁，不知道。

连她过世了也不知道吗？郑律师问。

不知道，小姨摇着头说，她们不来往的，都几十年喽，早就闹翻了。

亲姐姐，我心里又浮现出那七套房子，一亿资产，如果她亲姐姐知道了，不会来闹吗？肯定会，谁不想更有钱呢？

没事的，郑律师说。不管他心里怎么想，至少表面上非常平静，似乎已见怪不怪，也不再追问下去，继续说道，没事的，就算亲属要闹，也只能去瑞典起诉，就算他们去了，赢的几率也不大，为什么呢？因为死者在遗嘱上特地注明了，不要通知家里人，这种情况下，法院一般都会尊重死者的意愿……

我们三个人当中，大概只有我吃了一惊又一惊，还有这样的事？敏敏阿姨，是我印象中那个爱笑的女孩吗？她怎么会如此决绝？到底发生了什么？

他们继续说着话，仿佛这些问题都不重要。郑律师做了一些前期的准备，这种涉外的案子，一般来说他们有两种做法，他一边在纸上写写画画，一边耐心地对小姨解释道，一种做法是从中国派人过去，这样做的好处是直接可控，缺点就是花费多，路费、住宿费……还得请个翻译，对吧？而且，就老外那个效率，谁知道去多少天才能办好，阿姨你说对吧？

小姨认真地看着郑律师在纸上随手写下的"方案a"，不停地重复着郑律师的话，对的，对的，要请翻译，对的，不一定能办好。

还有一种，郑律师又说，就是委托瑞典的律所，他们比较熟悉当地的情况，语言啊法条啊，各方面……

小姨又看着纸上的"方案b"，重复着郑律师的话，对的对的，他们比较熟悉。

不过呢，郑律师在"方案b"下面画了两道线，收费就得按照当地的标准了。

小姨又应道，要的，要的，要按当地的标准。她似乎是靠着重复郑律师的话，去理解这些对她来说非常陌生的语言，但我实在怀疑，她到底理解了多少。

那阿姨你看，你们要选哪一种呢？郑律师将"方案a"和"方案b"分别圈起来，问道。

哪一种？小姨愣了一下，说道，你说哪一种就哪一种。

我赶紧拦住小姨。该我上场了。郑律师当然是有备而来，倾向性很明显，桌上那摞纸里就有一张瑞典律所的介绍。而根据我前期的研究，以及对郑律师言行的观察，我也同意这个选项，只是细节必须问清，最重要的是，不能让他觉得我们很好骗。多年的职场经验早就教会我，有时骗与不骗，就在这种谈判的推拉之间。

我对郑律师说，其实来之前，我已经咨询了很多律师朋友，行情么，也略知一二，该花的钱当然要花，但是也不能没底。

郑律师心领神会，立刻表示，没问题，都好商量。

一推一拉之间，我们确定了"方案b"，收费按当地工时，如果工时太长，则实行封顶价——遗产总额的10%。这也算是行价了。按照郑律师的前期调查，遗产可能有数百万，那提成就有几十万，难怪他会如此殷勤。

你们这行真赚钱啊，我说，早知道我当年就报法律系了。

哪里哪里，郑律师一边打印合同，一边说道，也有不开张的时候。

那可不，我说，三年不开张，开张吃三年。

说完，两个人都笑起来。这时，小姨在一边坐不住了，探过头问道，好了吧，可以签了吧？听起来，倒好像这不是她的事，而是我的事。

好了好了，郑律师递过合同和签字笔。

小姨看也不看，唰唰签好字，又问，定金现在付吧？

我看着小姨急急忙忙拿出手机，转出一万块，心想，如果不是我跟着，小姨还不知道会被骗成什么样呢，难怪妈妈说她糊涂。这时，我又听见小姨低声说了一句什么。我问，小姨，你说啥？

小姨沙哑的声音很低沉，这句话并没有重复谁的话，不是我的，也不是郑律师的。她说，钞票多少不要紧，最主要是跟那边问问清楚，敏敏是怎么走的。

楼下的必胜客里，在小姨东一句西一句的描述中，我慢慢拼起了敏敏阿姨的一生。

敏敏阿姨和小姨同龄，出生在六十年代的上海。和我们这个大家族不同，敏敏只有一个姐姐，两姐妹从小就感情不和，小姨是她最好的朋友。我们那时候形影不离的，小姨戴上老花镜，往下划着手机，喏，你看。这是一张翻拍的老照片，屏幕上的短发女孩开心地笑着，非常青春，还有几分英气。原来敏敏阿姨长这样啊，我说，完全不记得了。

1989 年，敏敏阿姨离开上海，去了瑞典，之后只回来过一次——为了处理父母的遗产，就是我们楼下那套老公房。姐姐说，房子没你的份，你早就走了，也没有赡养父母，我一分钱都不会给你。可是，敏敏阿姨说，不是我不想养，是你不告诉我啊，就连爸妈去世，你要卖房子，都是别人跟我说的。别人就是小姨。在小姨的支持——或者说怂恿下，敏敏去法院起诉姐姐，拿到了一部分房款，却也断了和家乡最后的一点物质联系。她说，伤透了心，再也不会回来了。

敏敏阿姨和姐姐断了来往，却和小姨一直保持联系。每天晚上七点——北京时间七点，敏敏阿姨都会化好妆，换好衣服，和小姨视频，而小姨，无论当时在忙什么，都会接通视频。

每天？我难以置信地问道。

小姨说，对啊，每天。她的语气听起来似乎这事一点都不奇怪，就像我和闺蜜周末去喝下午茶一样正常。

那，她结婚了吗？我问。

没有啊，她一直是一个人，她的手仍然飞快地在手机上划动，她要什么东西我都给她寄，有时候她让我买书，我就买了寄给她，嗒，嗒。这次的照片上是一箱书，有《人性的枷锁》《约翰·克里斯朵夫》《悲惨世界》等。

等一下，小姨，她不是在瑞典吗？怎么还看这么多中文书？

小姨继续划着手机，不知道啊，我又不要看，我只负责寄，邮费很贵的！嗒，嗒。手机又递了过来，灰色的对话框里有几行字：小梅，书收到了，谢谢你，世上再也找不到像你这样善良、重情义的女人，我在异国他乡，会一直想念着你。

有一天夜里，敏敏阿姨开车回家的路上，突然感觉喉咙像被谁捉住了，上不来气，胸口堵成石头，眼前一阵发黑，那一刻，她觉得自己要死了。还好路上车不多，她踩住刹车，停了一会儿，才喘过气来。回去之后，她就去银行开了一个账户，每月存入一笔钱，留给小姨，又开了两份定投保险，受益人都是小姨，这样可以避开遗产税——她都替小姨想好了。

那是二十多年前的事了，也许三十年。小姨记不清了。

可是从去年开始，敏敏阿姨不再和小姨视频了，她说自己得了新冠，住院了。病好出院之后，却也没有恢复通话。今年小姨再发消息过去，连文字回复都没有了。小姨有了一种不祥的预感，她托朋友找到瑞典的市政网站，在那上面看到了敏敏的讣告。

以前她一直让我去瑞典，小姨放下手机，说道。

那你咋没去啊？我问。

没去，一直都没去，现在也来不及了，小姨说着，声音又低沉下来。

搬回来之后，我很快习惯了这一带的生活。虽然有时也会想念那套宽敞明亮、格局清晰的大房子，想念窗外层层叠叠的绿色，不过住在那里通勤要一个多小时，老市区房子虽小，但每天可以多睡一会儿，现在坐地铁上班，不开车，连油费和停车费都省了，也免去深夜停车场那段让人心惊胆战的路程。这样想想，心里也就平衡了。

当然，最大的好处还是吃。没有约会的时候，我都走路去爸妈家吃晚饭，妈妈变着花样做菜，清蒸鱼、油爆虾、红烧肉、小排萝卜汤、凉拌海蜇丝……都是我最爱吃的。吃好饭，爸爸牵着馒头，妈妈挽着我，一起去公园散步。

这段时间，我们聊天的一大主题是小姨。那天见完律师，我再三嘱咐小姨不要乱说，要保密，一方面亲戚们知道了难免眼红，另一方面，传来传去很容易传到敏敏阿姨亲姐姐的耳朵里，这样就麻烦了，小姨满口应承着，可是不知怎么，似乎所有人都知道了，多年没联系的表姐、表哥纷纷发消息给我，说有空一起聚聚啊，吃吃饭，喝喝咖啡。他们找我还能是什么事？肯定是小姨！我说。

妈妈哼了一声，你小姨这张嘴，就是关不牢！

我从小就和妈妈很亲密，每天的散步，让我觉得仿佛回到了小时候。妈妈走路的速度很慢，头高昂着，整个人往后倒，像仰泳一般。我也被妈妈带得往后倒，两个人像是手挽手在夜里仰泳。妈妈，你还记得吗，敏敏阿姨到底是什么样的人？

她哦，妈妈努力地想了一想，似乎这个名字已离她很远了，突然，好像想起来什么，说道，她这个人哦，性格很孤僻的。

孤僻？不会吧？我心里浮现出照片里那个青春、快乐的女孩，说道，我印象里她性格很好啊，还经常教我背单词呢。

对对，她是学外语的，所以……

所以才会出国？

不是，她很崇洋媚外的。

什么？我万万没想到妈妈说出了这一句，往后仰的身体绷直了。

就是的呀，妈妈说，她老是觉得外国好，我们这里什么都不好。

我停了一下，步子也不协调起来，我问道，那你觉得我也是这样的吗？

你不一样，妈妈很笃定，你回来了呀。

如果不是因为你，我会回来吗？我说。

妈妈感受到我的语气变化，不说话了。爸爸被四处乱冲的馒头拉远了，我们母女挽着胳膊在人行道上慢慢地仰泳，一时间，谁也没有说话。

我不知道自己在气什么。可能在外人看来，我也是这样的人吧，孤僻，崇洋媚外，可是在国外的孤独、艰辛又有谁知道呢？脱了几层皮拿到学位，找到工作，又经历了一场撕心裂肺的恋爱，每晚靠酒精入睡，这时妈妈说，她

46

不放心我，要来美国陪我。算了，我想，还是我回去吧。那时国内就业蒸蒸日上，大把工作机会，谁能想到会有收缩业务、降薪裁员的一天？没过几年，只能卖掉房子，重新找工作，搬到妈妈身边……这些妈妈都不理解，她从来都不理解我。

每当我们快要吵起来的时候，妈妈就会转移话题。这时，她往路边一瞥，说道，你看，就这个小区，敏敏的姐姐就在这里有七套房！

我更气了。你看看人家，你那时候怎么不多买几套，你要买了，我还用累死累活出国，累死累活上班吗？现在一套房都没有，还只能租房住！租也只能租个小房子！

妈妈垂下头，半天没说话，过了一会儿喃喃道，确实，那时候，确实……

其实说完那句话，我就有点后悔。我不是不知道，房价刚刚上涨的那几年——也是我们唯一可能买得起房的那几年，是妈妈最艰难的时候，外婆去世，兄弟姐妹反目，更年期激素波动，爸爸每天在外面玩，两个人吵到快离婚，而我远在国外，又忙又叛逆……不知道妈妈是如何独自撑过了那个阶段，更别提买房子了。

我刚想开口，又听见妈妈说，我今天去搓麻将……

好嘛，打岔的高手又来了。我哭笑不得，应道，赢了多少啊？

没赢多少，妈妈停了一下，又说，她们都问我，你们家小猫结婚了没？什么时候结婚啊？你知道我怎么跟她们说的？

你怎么说的？

我跟她们说，我们家小猫不要结婚！结婚干什么啦？只要自己过得开心就好了，对伐啦？妈妈越讲越大声，尾音拖得很高，似乎充满了期待。

对对，你说得很好！我说。结婚，曾经是我和妈妈吵架的一大主题，经过这么多年，我知道了，妈妈在用自己的方式表达着她的理解。我挽着妈妈，和她慢慢走在上海的夜里。前面，馒头快走几步，撅起了屁股，爸爸眼疾手快，扔出一张报纸，正好接住狗便。爸爸年纪大了，不往外跑，脾气也收敛了许多，对妈妈来说，现在就是最和谐的时候了。

对了妈妈，我说，你不觉得小姨和敏敏阿姨，她们很奇怪吗？

奇怪什么？妈妈说。

你想想看，谁会把遗产留给一个朋友？什么样的朋友会这样？她们……我字斟句酌，还是不知道该说什么好。

你小姨嘛！妈妈的语气仍是那么不以为然，似乎是说，你小姨这个人，不管做出什么，都不稀奇。或许，妈妈根本就不愿往下想。

她们两个人，爸爸走过来，手里拿着兜住狗便的报纸，说道，就是臭味相投！

因为敏敏阿姨的事，小姨和妈妈走得更近了。她不停地送礼物过来，一会儿是无锡水蜜桃，一会儿是龙华寺的素月饼，一会儿是早上刚杀的鸡……一送就是两份，妈妈一份，我一份。

　　每次我都要打电话过去谢谢小姨送来的礼物，顺便告诉她郑律师那边的进展。简单来说，就是进展很慢。一开始，说是瑞典那边的负责人去休假了，要等她回来。过了几天，郑律师说，银行来消息了，除了两张保险单，不是还有一个银行账户嘛，奇怪了，那个账户里只有二百克朗！郑律师的声音明显很失望，金额少，当然就意味着抽成少了。过了两天，郑律师的声音又喜庆起来，银行那边又有消息了，原来还有第三张保险单！这第三张保险单的数目相当可观，总之，现在就等那个人休假回来了。

　　小姨嗯嗯应着。小姨，你听明白了吧？嗯嗯嗯，听明白了，小姨说，小猫你放心，我会好好谢你的！我哭笑不得，小姨，你在说什么呀。小姨说，等拿到钱了，我们大家分一分。我说小姨，我不要你的钱，你留着养老不好吗？不要乱花。好的好的，小姨又说，对了小猫，今天晚上我请你爸妈吃饭，你也要来啊。

　　我知道，这顿饭主要是请我，但是好像又没我什么事，我不需要加入谈话，也不需要点菜，只要埋头吃饭，就跟小时候一模一样。她们聊得热火朝天，听起来生活里满满当当，有说不完的事，停不下的脚步。小姨絮絮叨叨地说，上次她们跳广场舞的一帮人去吃饭，吃完以后，一个女人把小姨的袋子拿走了，里面有她刚买的鸭脖。喏，喏，我给你看，就是这个鸭脖子。她拿出手机，似乎是想找照片，却又打开了抖音，说道，我最近一直在抖音上看越剧，王君安，老好听的，你听，这段《何文秀》。

奇怪，我还记得她们反目成仇的时候。那时候外公外婆去世，曾经挤挤巴巴的破房子，一夜之间成了巨额资产，几百万，靠工资一辈子都挣不出来。为了房子变成仇人，这也是上海家庭常见的故事。敏敏阿姨家，我们家，都是。兄弟姐妹们都盯上了这套六十平米的老公房，闹了快一年，到中介公司签约的时候，呼啦啦到了十几口人，谁也不相信谁。等房子过完户，分完钱，谁也不愿再见到谁。妈妈伤心了好一阵。那时我以为一家人就这样散了，没想到过了几年，他们竟然又和好了，约在一起打麻将，一起去旅游，吵吵闹闹，却总是分不开。

我突然有点羡慕妈妈这一代，一出门就是一串长得很像的人，姐妹，兄弟，名字不是各季的花朵，就是金银铜铁玉，总是连成一片，不像我们这一代，每个人都是地球上仅有的一个，孤零零的，吵架都没个对手。

听着从小就跟着妈妈和姨妈们听的越剧腔调，我想，我不要小姨谢我，但是，我的确想去趟瑞典，看看敏敏阿姨生活的地方。几年前，我独自去欧洲旅行的时候曾路过那座城市，我记得，那是一个非常安静的小城，路上的行人少得可怕，那时说什么也没想到，有一个孤独的中国女人生活在那里。中国没有她的家，她回不去了，可是，她也不属于瑞典，她每天阅读中文书，和中国的姐妹视频，害怕自己在夜晚的公路上死去。就是这样孤独的生活。这种感觉其实我也并不陌生，在美国读书的时候，我也常想，这个世界上真的有我的家吗？真的会有人真的理解我吗？大概就是这样的心情，让我对敏敏阿姨的事这么上心。

在越剧的唱腔中，我又听见小姨说，等会吃完饭，我要去医院接我男朋友。妈妈坐在旁边，哼了一声，说道，一样是找，你怎么不找个身体好的，你还得照顾他，以后的日子，有的忙呢。我身体好，小姨说，不怕辛苦，我就照顾照顾他好了，喏喏，你看，这段《沙漠王子》。

这段我也是听过的：

> 手抚琴儿心悲惨，
> 自己的命儿我自己算，
> 对面坐着是我心爱人，
> 可叹我有目不能看……

和敏敏阿姨不一样，小姨好像从不寂寞，她靠不停说话，不断的行动，来驱散寂寞和不安，也许因为她无处可去，所以必须与人相依为命。远在异国他乡的敏敏阿姨也许就是在渴望这样一个絮絮叨叨、热热乎乎、不停付出、不怕打破疆界的人——她是青春的伙伴，永远的姐妹。

整个餐厅里，我们真是最吵闹的一桌。我就像掉进一个巨大的鸟窝里，真的好吵，却又说不出地安心。

越剧声停了，小姨说，吃虾啊小猫，吃块豆腐，红烧肉？鸡吃一块？不吃了？那我买单了啊。

又过了一个月，郑律师打来电话，约我们去办公室面谈。有重大进展，他说。

还是那间小会议室，浅绿色磨砂玻璃墙，白色长桌，黑色办公椅。郑律师的表情却不像上次那么殷勤，而是有了一些公事公办的样子。

是这样的，郑律师说，我们收到了瑞典那边的email……

就是去休假的那个人是吧？我试图缓和气氛，也推迟一下消息的到来。

哦，去休假的，小姨重复着。她新烫了头发，吹得高高的，一副精神抖擞的样子。

郑律师的表情却没有缓和下来，他板着脸，拿起一张纸，向我们推过来。纸上都是瑞典语，郑律师简洁地翻译着，大意是，您所询问的那位女士的确是我们的客户，没错，她已于今年 1 月 24 日去世，没错，她在生前购买了三份保险，但是，郑律师面无表情地说，受益人不是您代理的那位女士。

受益人不是……小姨紧紧盯着那张纸，想要重复郑律师的话，却找不到可以重复的气口，茫然地问道，什么意思？

就是说，小姨……我犹豫着，不知该怎么说。几天前，郑律师已经把邮件转给了我，可是，我没有勇气告诉小姨这个消息。我无法面对她一定会出现的失落、震惊。

小姨睁大眼睛看着我，刚烫好的头发显得分外滑稽。

我咬咬牙，说道，小姨，这意思是说，敏敏阿姨后来呢，把遗产给了别人。

不可能，小姨戴上老花镜，在手机上激烈地划着，喏，喏，你们看。照片里是两份瑞典语文件，敏敏阿姨刚买好保险，就发给了小姨，上面清楚地写着小姨的名字和地址。这两份文件，我已经看了无数次，也早已发给了郑律师。

郑律师扫了一眼手机，说，没错，这两份保险是有的，只是后来变更了，而且，她还追加了第三份保险——同样是给那个人。郑律师怀疑，第三份保险的钱就来自原本留给小姨的银行账户，所以账户里只剩下两百克朗。

变更了，小姨重复道，这下她听明白了。那是什么时候的事？她变给谁了？她一连串地问道。

这个，郑律师说，这属于客户的隐私，他们不能透露。

不能透露，小姨急问，那她到底是怎么走的，说了吗？

郑律师摇摇头，这个他们也不会说的。

小姨呆坐在椅子上。还是同一间会议室，气氛却变得如此沉重，我似乎亲眼看见几百万现金从绿色磨砂玻璃缝里流走了，随之消失的，是一个人的痕迹，消失得无影无踪，从此之后，再也不可能知道她的消息了。

还有一件事，郑律师说，银行账户里还有两百克朗，您看要不要取出来？

小姨摆摆手。

那么，郑律师说，按照合同，我们的定金是不能退的哦。

小姨像在梦里一样，喃喃道，怎么她也不跟我讲一声……

我还从没见过小姨这样。即使姨夫去世时，她也只是忙前忙后，处理各种事务，看不出有多悲伤。小姨真是个没心没肺的人，那时我想。可是这时，小姨像被兜头浇了一盆冰水，连发型都坍了下来。在楼下的必胜客，她呆呆坐着，没有点单，也没有拿饮料，失魂落魄，眼睛里一点神采都没有。对于爱说爱动的小姨来说，这太不寻常了。仿佛直到这时，敏敏的死讯才真正到来。

过了好一会儿，小姨接过饮料，叹了一口气，说道，本来想，拿到钱了么，大家分一分。

这句话真是出乎我的意料。小姨，我哭笑不得，什么时候了，还说这种话？

小姨又叹了一口气，怎么她也不跟我说一声呢？

可能她是觉得不好意思吧，说不出口，我说。

小姨出神地看着手里的果汁，过了一会儿，说道，她后来一定是找了个人。

我抬起头，第一次发现小姨的皮肤很好，还有一双深陷的眼睛，可以想象她年轻时一定很漂亮。在想象中，我把年轻的小姨和年轻的敏敏阿姨放在一起。小姨，你真的知道吗？我心里想。

小姨还在喃喃自语，肯定是那时候……怪不得不跟我视频了。

不过小姨，我忍不住说，从好处想，敏敏阿姨最后那段时间身边也是有人陪的，她不是一个人。

对的，小姨点点头说，肯定是个女的。

我吓了一跳。原来小姨知道啊。一直以来，我都以为小姨只是糊里糊涂地过日子，没想到，她是知道的。在她乱七八糟的生活里，竟然藏着这样的秘密。不，你以为那是一个秘密，其实，穿透岁月，穿透啰哩啰唆、层层叠叠的话语，你会发现，那里面亮堂堂的。

我激动起来，小姨，如果你想知道怎么回事，我可以帮你想办法，实在不行，咱们直接去趟瑞典。

小姨的目光往我的方向瞟了一下，又回到桌上。我突然意识到，她还在缓刑期，不能出国。现在不去，等两个月也行……我又说。

从侧面看，小姨的神情活了起来，也就躲闪了起来。她用餐巾纸擦着桌子上的水渍，擦了又擦，擦了又擦。

要不然，我说，去找她姐姐，总归有办法的。

突然，小姨从座位上弹了起来，几点了？我得回去做饭了。

那一瞬间出现的真心、伤心，似乎又藏了起来，那个坐不住的、活在表面的小姨又回来了，我还是忍不住叫道，小姨……我想，一个人不可能就这样无声无息地消失吧，多少总该有点消息。

嗯嗯嗯，小姨应着，扶了扶自己烫过的头发，说道，小猫，你吃好了吧？

其实我没有吃任何东西，但我犹豫着，还是咽下没有说出口的话，说道，吃好了。

还要加点东西吗？咖啡？茶？小姨说。

不要了，我说。

小姨回头看了一眼干净的、一点痕迹都没有的桌子，突然恍然大悟一般说道，怪不得，今天郑律师都没上咖啡！

观音巷

1

观音巷里，户户都是土坯的房子，砖砌门墙，头顶一座雕花门楼。经年的风吹日晒之后，这里像一个流落边疆的小朝廷，旧官帽斑驳庄重，顶顶列在两班。坐在巷子正中的观音庙更是如此了。虽是小庙，屋顶却也缓缓铺开好几户人家，飞檐挑起龙与凤，绘彩都已褪去，灰扑扑的，又层层叠叠，把大门直压入门槛。

只有鱼钩家光着脑袋，两扇干燥发白的木板，漆都没有上过，挤在一起就是门了。

黄昏时，鱼钩一肩撞开门板。已经跑了一路，她再也憋不住了，跳着脚把书包一摔，放趟子奔进后院，身后扬起一路尘土。

过了两秒，只听一声大叫，鱼钩又从后院冲了出来，后面跟着一只五彩的大公鸡。好威猛的大公鸡，拧着眼顶的毛，小圆眼睛精光四射，两条粗壮的短腿急奔，在地上留下一个个树枝形状的印子。鱼钩的鞋大了两号，跑起来啪嗒作响，她绕着菜园、枣树，跨越小土堆、架子车，满院子疯一样旋转。慌乱中一瞥，大公鸡还紧跟在后，全身涨满了风，黑金色的尾巴高高扬起，鲜红的鸡冠在夕阳下扇动着。鱼钩一闭眼，绝望地号叫道："奶奶！奶奶！"

奶奶出现在厨房门口。由于饥荒和长年的操劳，奶奶瘦得厉害，没有一丝脂肪似的，一把骨头弯成了钩子，牙齿几乎掉光，双颊凹陷成坑，却在那最不该长胖的地方——脖子处鼓出了一个大瘤子。满脸纵横的皱纹里，有一双深深的大眼睛，令人相信这愁苦的人曾经多么美丽。鱼钩正有一双同样的眼睛，只是此时已惊恐地闭了起来。

奶奶扑了过来。她一身黑衣黑裤，沾满面粉的手里舞着菜刀，像一只凶狠的老鸹。一路跑，一路喝道："滚！鬼日的！"

大公鸡碰到天敌了，它一个急停，脖子一缩，转身扑走了。

鱼钩牵住奶奶的衣襟，依旧哇哇叫着，她想去厕所，又想告状，想发脾气，又害怕，踮着脚步大叫道："奶奶你把它杀掉！今天就把它杀掉！"

这是一个传统的北方院落，菜园里种着西红柿、茄子、辣椒、韭菜、香菜，园角栽了两棵枣树。栽树那年，爸爸和叔叔挖坑挖到半人深，铁锹扬上来的还是干燥的沙子。即使是如此缺水的沙镇，人们还是不死心地想造出绿洲。爸爸和叔叔继续挖，人快要消失在地表以下的时候，脚底的土才厚重、湿润起来。他们填上肥料和从别处拉来的泥土，栽上树苗。苹果树、梨树都没能活过那个冬天，活下来的只有枣树。转春，枣树发出狭小如指甲的叶子，秋天，枣色由绿开始渐渐泛红，直到转为全红，摘下来抹去灰尘，咬上一口，滋味酸中有甜，脆且水润。只要种得活，沙镇的水果没有不好吃的，这一点，沙镇人总是很得意。爸爸一高兴，又在东墙下插了一株葡萄苗。

正是夏天，葡萄藤在空中搭出绿色的桥，桥下挂着累累的绿葡萄。葡萄藤边的角落里，有一面厚厚的蓝色棉布门帘，打开就是后院，那里养羊，养鸡，也有人的厕所。

蓝色棉布门帘再次被掀开，鱼钩又出现了。院子里静悄悄的，只听见厨房里奶奶扑腾扑腾擀面的声音。菜园里翘起一个黑金色的尾巴。奶奶显然还没有把它杀掉。

鱼钩站在台阶上，屁股上被啄过的地方还火辣辣的。这个仇，可不能不报啊。鱼钩蹑手蹑脚地从柴房拿出一样东西，那是爷爷用麻秆和麻绳给她绷的弓。她用一根细柴棍，架在麻绳上，眯起眼睛徐徐拉开，拉到拉不动，才松开手，嘴里还发出 biu——的一声。可惜，箭势不如声长，刚飞出去，就哒地掉在了地上。

大公鸡的脑袋像装了弹簧一样，猛地往上一抬，在一片绿油油的菜叶中，又黑又圆的小眼睛紧紧盯向鱼钩。鱼钩吓得腿一麻，扔掉弓，又想逃跑了。

这时，弟弟从厨房走出来，手里捉着一片肉。他左右一望，张大嘴露出蛀黑的小牙，嘻嘻叫道："鸡啄光屁股喽！"鱼钩又羞又恼，回头用力一推，弟弟一屁股坐倒，肉掉在了地上。他愣了一下，大哭起来："奶奶！奶奶！"

奶奶又出现在了门口。她抱起弟弟，朝公鸡扑过去。"贼厮！把我的韭菜踏完了！"刚才还很威猛的公鸡，看到奶奶就慌乱起来，它在菜园里左扑右挪，找不到出园的路。奶奶骂得更厉害了，大公鸡突然站住，张开翅膀，一蹬地，低低地跃起，跃过西红柿、茄子，落在了地上。

鱼钩的眼睛瞪圆了，原来鸡也会飞啊。她又有了新的想法。奶奶一边骂，一边拉开蓝色门帘。公鸡一颠一颠，重重地奔了过去。突然，鱼钩从半路截来，她一手抓住公鸡的尾巴，一抬腿跨了上去。她心里念，飞啊飞啊，我的神雕。神雕却尖叫一声，一缩身，让鱼钩一屁股倒在了地上。公鸡吃了亏，恶狠狠地回头要扑，却又挨了奶奶一脚，被一路驱赶，消失在蓝色门帘后面。

鱼钩呆呆地坐着，手里抓着一支黑金色的羽毛，不明白这是怎么回事。突然感觉身体一腾空，又一落地。她回头看去，叫道："姑姑！"

姑姑下班了。她轻轻拍打着鱼钩身上的尘土，又把捡起的书包挂在她肩上。鱼钩眼珠一转，跑回去捡起弓，斜挎在胸前，再回到姑姑面前，神气地叫："姑姑你看！"

前几天，鱼钩在院子里耍一根木棍，嘴里念着：

"嘿！哈！妖怪！"姑姑说："这丫头，一天到晚戳天捣地，送到少林寺算了。"鱼钩不耍棍了，她又惊又喜："真的吗？姑姑。"姑姑笑嘻嘻地说："真的啊，当然是真的，明天我就通知他们来接你。"

那天之后，鱼钩每天都在等着少林寺来接自己。她一会儿让爷爷绷个弓，一会儿让爷爷削个木剑，武器都准备好了。

鱼钩挺起胸膛，握着绷着弓的麻绳，满心热望地围着姑姑团团转。少林寺的人什么时候来啊？她很想问姑姑。

今天姑姑却不太一样，她戴着一顶白色帽子，不笑，也不说话，停好飞鸽自行车，径直冲进自己的房间，砰地关上了门。

厨房里异常昏暗，灶火是唯一的光源。往常姑姑都坐在灶台前，红红的火光照亮她美丽的脸庞。此刻，小凳上坐着什么都不知道、对什么都感到困惑的鱼钩，托着下巴发呆。

"作业写了没？"奶奶在案板前勾着腰，她已经擀好了一大张面，撒一层面粉，对折，对折，再对折，用菜刀细细地切了起来。

"我们放暑假了啊奶奶。"鱼钩说。

"给，把这几瓣蒜剥了。"奶奶说。

"噢。"鱼钩高高兴兴地说。

爷爷赶着羊群回来了，咩咩的声音此起彼伏。大门响了，妈妈也下班了。火中的树枝毕剥作响，锅盖揭开，水已经开了，奶奶勾着腰站在锅前，浅黄色的碱面条握在手里。

炊烟升起在观音巷的每户人家。

2

于家小卖部是观音巷唯一的商店。揭开薄薄的白布门帘，就能望见玻璃柜台，跟鱼钩一样高，里面花花绿绿，都是好吃的。

一个小伙子正趴在柜台上，撅着屁股跟柜台里的于家姑娘聊天。

于家姑娘笑嘻嘻地说："你瞅你闲得很，光知道喧谎，多少总得买点东西呢。"

小伙子也笑嘻嘻地说："买啥呢，你说？"

于家姑娘说："买包油炸大豆，但看电视但吃着。"

小伙子说："吃大豆放屁厉害得很。"

于家姑娘说："那你就放个大豆，塞住些。"说罢，咯咯咯地笑了起来。

她转头看着柜台下："鱼钩，你买个啥呢？"

鱼钩捏着五毛钱，本来想买冰棍，但是听了于家姑娘的话，觉得油炸大豆也很好吃，她又有点想吃五香瓜子，一时之间拿不定主意，仰头看着货架犹豫起来。

小伙子问："这是谁家的丫头？"

于家姑娘说："你不认得？观音庙对面那家啊，你瞅模样跟她姑姑像不像？尤其是这对大花眼睛，一模一样。"

小伙子仍然趴在柜台上，屁股旋了半圈，扭头仔细看了鱼钩一眼："实话哦，像得很。"他眨眨眼，对鱼钩说："丫头，我跟你说，你给你姑姑买些头油抹去噻。"他嘿嘿笑着，又将屁股旋了回去，邀功似的看着于家姑娘。

于家姑娘忍住笑，拿起苍蝇拍，朝小伙子头上拍去："逼就闲得，夹紧些。"

鱼钩不知道他们在说什么，但是她突然不想买了，一扭头跑了出去。隔了老远，仿佛还听到他们咯咯的笑声。

鱼钩手里捏着那五角钱，有了新的主意。她一路出了观音巷，跑到沙镇最大的菜市场。

中午，太阳烧尽所有地方，没有风，也不飘过一片云。空气中没有丝毫颗粒，它是透明的，坚硬的，也是烫人的，行人贴着墙，在刀锋一样的窄影中小心地归家。沙镇的中午，人们需要一段漫长的午睡，来躲过太阳的煎烤。

小孩子却不想睡。这天，如果你路过观音庙后面的那棵老槐树，抬头往上看，也许会看见一个扎爪鬏的小女孩坐在密密的叶子中间，正在专心吃糖油糕。

五毛钱，只能买五个糖油糕，五个，也就是五口。吃到第五个，鱼钩才慢了下来，焦脆的薄皮、糯软的面、融化了的红糖汁和玫瑰的香味，在嘴里一同发着烫，多打了几个滚，才咽下去。

巷子里空无一人，安静得有点无聊。鱼钩躺在槐树的丫杈上，嘴边还吊着一抹红糖汁。这是暑假的第一天，她才不要回家……奶奶就给了五毛钱，可她还想吃凉皮、油炸大豆……于家商店那个坏叔叔……今天出门的时候忘了把弓背在身上……啊，少林寺！

鱼钩一骨碌坐起，想溜下树回家，却听见巷口传来什么声音。她探头看去，一男一女推着自行车拐进巷子，女的正是姑姑。莫非姑姑知道鱼钩躲在这里，来叫她回家？莫非那人就是少林寺来的？鱼钩一阵兴奋，刚要出声，却又停住了。那个男人满头黑发，不是和尚，而且，她认得他。一个月前，他曾来过鱼钩家，一进门，全家的女人就都殷勤起来，集体把他簇拥进堂屋，供到上座。他的头发、皮鞋都上了油，又黑又亮，连眼镜都闪着光，显得屋里的一切更加破旧。奶奶端来果子，妈妈端来瓜子花生，妈妈说，鱼钩，叫孟叔叔。孟叔叔抽出一支烟，敬给爷爷，捧着双手点上火。爷爷抽了一口，所有忙碌的女人们满意了似的，松下肩膀笑了。姑姑平时最喜欢鱼钩，此时却好像看不见她似的，只抿着嘴唇，微微笑着。空气里有一种古怪的东西，仿佛将有什么事情发生，仿佛一切事情的中心，并不是鱼钩，而是神气的孟叔叔。想到这里，鱼钩生起气来，她决定，她也不要理姑姑了。

姑姑穿着蓝底白点连衣裙，孟叔叔戴着墨黑的眼镜，白色衬衫束在皮带里。在沙镇耀眼的阳光下，这对时髦的男女默默地走着，各自的人影钉在了各自的脚下。

走到槐树下，姑姑站住了。孟叔叔也站住了。从树上，鱼钩只看到姑姑的白帽子和孟叔叔乌黑的头发。

孟叔叔掏出手帕，擦了擦额头，说道："今天热得很啊。"

姑姑说："那就这样吧。你别送了。"

孟叔叔愣了一下："送到你家吧。"脚底下却不动，定定地踩着碎掉的槐树影子和碎掉的槐花。

姑姑说："我妈说的，不要耽误了你的时间……"她的声音越来越轻，轻到快要听不见了。

孟叔叔站不住了似的，换了下支撑身体的脚。

姑姑又说："我这种情况，也不怨谁，如果不是父母还在……"她又说不下去了，白色的帽子轻轻动了一下。鱼钩仿佛听见了抽泣的声音。

孟叔叔怕被人听见似的，脑袋左右晃了一下，清了清嗓子，声音扬了起来："那就这样，我单位还有点事……"姑姑没有回话。孟叔叔却朝她点点头，调转自行车，一踩脚踏，以极其优美的姿势俯身骗腿上车，走了。

孟叔叔的自行车很轻很快地消失在了巷子口，姑姑扶着车，在原地定定地站着。从上面看去，鱼钩只看到圆圆的白色无纺布帽顶，像医生的帽子一样毫无表情。姑姑抬起手抹擦了一下脸，又一下，又一下，肩膀轻轻地起伏着。过了好一会儿，姑姑叹了一口气，扶了扶帽子，呆了一呆，骑上车走了。碎掉的槐花带着花蜜，粘在姑姑的鞋底，粘在车轮上，一道走远了。

鱼钩坐在槐树上，呆住了。姑姑的叹息很轻，又很深，浸透了整棵槐树。大人的世界里，好像又有什么事情发生了。一种模模糊糊、很大的不快乐笼罩了六岁的鱼钩。

太阳无情地烤着人间，将大地碾碎为细细的尘土。夏天的中午好像特别长，永远都过不去。鱼钩看着地上混乱的车辙，默默地明白了另一件事：少林寺的人大概不会来了。大人，永远都是在骗人而已。

3

傍晚，房屋的影子倒下来，院子变深了。土墙上一层金黄的余晖，摸去还是热热的，需要一整个黄昏，才能将白天吸收的高温完全释放，沉入清凉的夜里。

饭桌就摆在葡萄藤下。鱼钩拿了一把筷子，一双一双摆好。她偷偷瞄了一眼姑姑的房门，仍然紧闭着。没有人敢去敲门。

鱼钩是在家里出生的。刚包裹好，姑姑就闯了进来。奶奶连声说："哎呀，正好，正好。"沙镇习俗，小孩生出来，谁第一个进屋，小孩长大后就像谁。姑姑生得美丽，温柔耐劳，从小就担当了各种轻活重活，挑水、烧火……从那以后，又包了清洗鱼钩所有的尿布的活计。

那时，鱼钩家刚刚摆脱饥饿和贫穷，和整个国家一起，日子欣欣向荣。观音巷里，有本事的吃公家饭，心眼活的做生意，鱼钩奶奶却坚持让孩子们念书，女儿也不例外。姑姑很快考去省城，再回来时，她穿着红色短袖衫，黑色喇叭裤，像变了一个人！姑姑成了全沙镇最美丽、最洋气的女子。有一次，同样从省城回来的女同学，穿着别的奇装异服来找姑姑，她们挽着胳膊、嘻嘻哈哈地准备出门。鱼钩突然冲到面前："姑姑，姑姑，鱼钩也要去！"姑姑嗨呀一声，似乎有点嫌弃，又不由自主地拉住鱼钩的手："今天能不能自己走？"鱼钩说："能！"姑姑说："保证吗？"鱼钩说："保证！"于是姑姑和女同学一左一右牵着鱼钩上街了。离家远了，鱼钩又拦在前面："姑姑，姑姑，鱼钩的腿断了！""这个娃！"姑姑骂着，往地下一蹲，抱起鱼钩。每次如此，直到鱼钩上学。

鱼钩自自然然地受着全家人的宠爱，连弟弟的出生，都没有改变什么。弟弟比她晚一年出生，爸爸从外面回来，只问了一句：男的女的？得到答案，松了一口气，又回去工作了。由于奶水不足，弟弟生得瘦弱，作为老二，他在长期的被忽视中学会了察言观色。家里人总说："哎呀，跟女娃子一样！"鱼钩仍是家里的小霸王，她精力无限，总瞪着眼睛，喜欢上树，也喜欢舞刀弄棒，家里人又说："哎呀，跟男娃子一样！"然后又一拍手："哎呀，这两个娃长反了！"

可是现在，鱼钩的武林梦想破灭了。不仅如此，她好像有点明白了，这一破灭，连同这个梦想，都是不能说的，说出来一定很丢人。

鱼钩闷闷地摆完筷子，弟弟端来小板凳，坐在桌边。他盯着鱼钩的嘴巴问："你吃啥了？"鱼钩一把推开他，恶狠狠地说："吃屁！"

门开了，姑姑依旧戴着白帽子，低头走进厨房。昏暗中，她和奶奶、妈妈围锅站成一圈，每人胳膊上搭了一长条面，一小片一小片地揪下，丢进汤锅。没有人说话，只见白色的面片在空中翻飞，锅中咕嘟咕嘟，越开越浓，渐渐满了。

奶奶开口了："你给人家说掉了没？"姑姑的声音很凶，又像要哭："说掉了！咋没说掉！"妈妈好像安慰她们似的轻声说："说掉就说掉了，不要紧。"

妈妈回头看见门口的鱼钩，骂道："站着干吗？把菜给爷爷端过去！"

爷爷已经放羊回来，戴着老花镜，正在看一本很旧的书。和往常一样，他默默放下书，独自在房间吃饭。爸爸常年在外工作，院子里，妈妈、姑姑和鱼钩姐弟俩围桌坐下，桌上是茄子炒青椒和凉拌萝卜丝，每人一碗西红柿揪片子。

鱼钩偷眼看向姑姑，姑姑却不看她，只是低头吃饭，眼睛似乎又红又肿。鱼钩不敢说出自己的心事，怕被妈妈揍，也怕被人笑，可是又无法消化，于是眼前的一切更加令她不高兴了。她用筷子一下一下捞着，没有肉，也没有鸡蛋，都是萝卜、香菜……筷子和碗碰撞不停地发出呲当的声音。妈妈一瞪眼，呵斥道："好好吃饭！"

饭桌上很安静，只听得到喝汤的声音。奶奶收拾完灶台，喂完鸡和羊，也终于坐了下来。

盘里还有最后一条茄子，但没有人夹。鱼钩悄悄盯了一会儿，越盯越想吃，她装作若无其事地伸出筷子，弟弟却更快，一把抓起塞进嘴里。鱼钩恼极了，举起手就要打，弟弟早有防备，一个蹦子跳远了，张大嘴露出茄子："给！你来吃啊！"鱼钩扑过去："我打死你！"弟弟转身就跑："鱼钩打人了！鱼钩打人了！"两个人踢踢踏踏在院子里疯转起来，扬起了一圈尘土。

妈妈放下碗，拿起扫帚，慢慢地说："我看是谁不听话？"她的声音不高，却很吓人，鱼钩的脚步不由自主地停了下来，但又不想认输，指着弟弟大声叫："都是他！奶奶还没吃呢，他把菜都抢完了！"

奶奶好声说："不要紧，奶奶不要紧，我娃待会去看看你爷爷，他吃不完的，你们再去吃。"鱼钩得理了似的，昂起脸说："凭啥？凭啥要给爷爷单盛一盘？他又吃不完！我们才这么一点！这不公平！"妈妈挥着扫帚骂道：
"就你事多！坐下吃饭！"

弟弟已经溜回了饭桌边，嘻嘻笑着，身体一歪，靠在
姑姑身上。姑姑一直低头默默吃饭，这时好像再也无法忍
耐了，身体一抖，说道："走开，没骨头么！"弟弟小小
的身子被抖开了，他愣了一下，又嘻嘻笑着，突然鬼使神
差一般，伸手把姑姑的白帽子摘了下来。

鱼钩吓了一跳。摘掉帽子之后，姑姑的头顶像个西
瓜，光溜溜的，什么都没有，只有碎发在四周散乱地披
着，显得更可笑了。鱼钩从未见过姑姑这么害怕、慌张，
她一把夺过帽子戴上，冲回了自己的房间。

弟弟还在嘻嘻笑着，浑然不知发生了什么。妈妈抓过
他，用扫帚在他屁股上狠命地抽了两记："就你爪子闲！"
弟弟呆了，哇的一声，终于大哭起来。

那天晚上睡觉时，奶奶一直在炕上翻来覆去。鱼钩听
见奶奶的胸腔里传出一声又一声的叹息，比姑姑在槐树下
的叹息更深，更久。她不知道的是，在她睡着之后，奶奶
狠狠扯掉了自己的一把白发。

4

第二天，妈妈打好一个包袱，提了一网兜西瓜，带着
姑姑和鱼钩，先坐汽车，又坐上火车。清晨，妈妈叫醒睡

在座位底下的鱼钩。一夜过去，省城到了。

省城的天是灰的，马路是黑的，房子是高的。鱼钩走在妈妈和姑姑中间，不时偷眼看姑姑。姑姑更加沉默了，总是低着头，在想事情的样子。鱼钩小心翼翼地拉着姑姑的手，心里想，她再也不会生姑姑的气了，任何事情都不会了。

妈妈捏着一张报纸，一路走一路问，终于到了一座楼房。楼里歪歪曲曲，她们拐进一个房间，房间里挤满了人，有站的，有坐的，簇拥着一个穿白大褂的老爷爷。

趁有人站起来，妈妈飞速挤过去，把姑姑按在椅子上，然后把西瓜放在老爷爷的椅子边，讨好地说："大夫，你给看下我们这个姑娘。"老爷爷正在写着什么，头也不抬："帽子摘掉。"

鱼钩独自坐在墙边的板凳上，脚悬在空中。周围都是陌生人，墙上贴了很多画，上面有很多光光的头顶，看起来很可怕。她伸着脖子使劲看，在人群的缝隙里，看见妈妈和姑姑光溜溜的后脑勺，边上残留一圈揉乱的碎发，她想起了《西游记》里的沙和尚，可是姑姑怎么能是沙和尚呢？

她听见妈妈努力用一种奇怪的口音说："以前头发可多了，又黑又硬。突然得很，一夜之间全掉了，太突然了……"

老爷爷站起来，仔细看着姑姑的头顶。姑姑的头低得更低了。

妈妈继续说："想来想去也没啥事，只有一种可能，就是出差吃了一次鱼……"

老爷爷点点头，坐了回去："姑娘，我给你照张相吧。"姑姑低着头，没有出声。妈妈愣了一下，赶紧道："行，只要能治好病，咋样都行。"

咔嚓一声，一道白光闪过整个屋子，墙上的各个光头更亮了。姑姑浑身一哆嗦，突然用手背抹了一下眼睛，这一抹，再也没止住，左手一下，右手一下，抹个不止。

看着姑姑的背影，不知道为什么，鱼钩的眼泪也掉了出来，她也用手背抹着脸，停不下来。

原本房间里还有些嘈杂，此刻都安静了。有人感叹说："哎呀呀，这么年轻的姑娘啊！"

老爷爷放下相机，拿起笔又写起了什么："你放心，姑娘，半年之后，我肯定还你一头黑发！"

妈妈一向是鱼钩最害怕的人，此刻却点头哈腰，连声说："谢谢你啊大夫，我从报纸上看到你的文章，就立刻来了，你说，我妹妹还这么年轻，这么漂亮……"

老爷爷问："带多少呢，十瓶？二十瓶？"

妈妈想了一想，说："二十瓶吧！"

一网兜西瓜换成了一堆药瓶，妈妈把药兜进包袱，拉起姑姑走出人群，却看见鱼钩坐在墙边，仰着一脸的眼泪鼻涕，胸膛起伏着，像一只伤心的小鸟。妈妈骂道："傻丫头，你哭啥！"

姑姑已经戴好了帽子，默默拉起鱼钩的手。

走出医院，她们挤上了去火车站的公共汽车。车一开一停，晃得厉害，妈妈紧紧攥着包袱："这下就好了，这下肯定能好。"她像在对姑姑说，又像在跟自己说。姑姑的脸色苍白，脸颊却微微松动了一下，似乎是笑了。妈妈又说："肯定能好，好了我们再找，没问题。"

不知到了什么地方，公车一个急转弯，往前一突，又一急刹车，一车人前仰后合，骂骂咧咧起来。姑姑突然一弯腰，呕出一口黄水。旁边的人纷纷后退，让出一小片空地，有人叫着："怎么回事啊？脏死了！"

妈妈赶紧拿出报纸铺在空地上，轻轻拍着姑姑的背："想吐就吐，吐出来就好了。"姑姑早上几乎没吃，一碗浆水面都给了鱼钩，胃里空空的，只是干呕个不止。姑姑蹲着和鱼钩一样高，此刻看起来也像个小孩子，呕得脸通红，显得白帽子格外白。鱼钩的呜咽原本已经停下，这时眼泪又掉了出来，热热地流了一脸。

售票员挤过来，一脸嫌弃地叫道："咦咦咦，咋回事啊？这外地人，晕车就吃药嘞，吐也不找个地方！"

"这娃！不哭！"妈妈一边抚着姑姑，一边对鱼钩说，又抬头看着售票员。"你放心，"她尽力压抑着自己的声音，"我一定给你擦干净！"

车停了，妈妈擦干地板，卷起报纸，背上包袱，带着面色苍白的姑姑、抽抽搭搭的鱼钩下了车，她们消失在省城的灰尘里。

5

冬天，沙镇冻成了一块巨大的蓝宝石，每个人、每样东西都镶在其中。大地镶在其中，结为冰土，不再起沙尘。枣树脱光果实与叶子，露出尖利的枝条，竦身镶在其中。秋天摘下的梨镶在其中。一层透明、坚硬的冰壳下，浅黄的梨已变为黑褐色，盛一碗放在温暖的房间，等冰消融，梨消融，塌出一个软软的大酒窝，轻轻敲去残冰，揭开表皮，果肉是稍浅的褐色，细腻，酸甜，冰冷，咬一口，冻得头都痛了。痛着，又爽。

人们镶嵌在深蓝的梦里。鱼钩被妈妈叫醒了，她穿上姑姑织的毛衣，奶奶做的棉袄，进入明净、寒冷的清晨。在灯下，鱼钩懵懵懂懂地念着："两个黄鹂鸣翠柳，一行白鹭上青天。窗含西岭千秋雪，门泊东吴万里船。"她还不能清晰地想象出诗里在说什么，那些风景她从未见过，它们属于另一种颜色的宝石。但是这些字排着队，在鱼钩的嘴里当嘟嘟地滚来滚去，她莫名觉得好听，好玩。念着念着，她慢慢从不情愿的梦中醒来。天亮了。

鱼钩写作业时，奶奶坐在炕沿上梳头。有一会儿，梳子摩擦头发的声音停了，鱼钩抬起头，看见奶奶披着一头花白的长发，手里揪住额前一丛短短的碎发，她呆呆的，好像在自言自语："你说，我这怎么就长出来了呢？"

鱼钩觉得奶奶的样子有点吓人，忙低下头继续写作业。奶奶叹了一声，梳子的声音又响了起来，一边梳，一边说："鱼钩，你们学校里都教啥了？"

鱼钩说："多得很呢。"

"识字教了没？"

"当然教了。我会写几十个字，不对，几百个、几千个……"鱼钩想了想好像有点夸张，又说，"我上学期考了双百呢奶奶。"

"奶奶也识字呢。"奶奶说。

鱼钩抬起头。奶奶已经将梳好的两条长辫盘在脑后，又变成了平常的奶奶，皱纹纵横的脸上咧开了笑容，露出仅剩的门牙，有点得意，又有点讨好的样子。奶奶蹲下身，用无法伸直的食指，在地上画了一道竖线："这是1不是？"她把地抹平，又画了一个小鸭子，歪头笑着："这是2不是？"

鱼钩大叫起来："不对不对！奶奶你写错了！"

奶奶在地上继续画着，声音却犹疑了："这个不是5噢？"

鱼钩学着老师恨铁不成钢的样子，重重地哎呀了一声："那是阿拉伯数字，不是汉字！奶奶，你咋连这个也不知道！"她伸手用力一抹，把弯刀和小鸭子都抹平，在旁边画了一个"一"，又画"二"，叫道："这才是一，这是二！奶奶你跟我写！"

奶奶蹲在地上，干瘦的身体像一把收起的折尺，手收在脚脖子旁边，茫然和愁苦重新爬进皱纹。

鱼钩边写边念："这是三，这是四……"越写越起劲，她叫道："这个才是五，奶奶你写嚓！"

奶奶叹了一口气："奶奶不识字啊！"

奶奶的声音里像掉了什么东西，鱼钩继续写着，却不叫了。

突然，奶奶急切起来："要不是十八年上遭了难，要是我爹还在，保证能供我念上书，保证能识字。"她对着年幼的孙女掏心掏肺，语气里有真实的懊恼，好像这是一件她可以挽回的事似的。

可是这些话，鱼钩没有一句能听得懂。她的小脑瓜拼命地动了起来，又好像一点都动不了。她想，奶奶不好好学习，又啰唆呢。

奶奶继续说："十八年上土匪进了城，那时节我才三个月，我妈抱着我进了山，下了山一望，土匪把城里的男人全杀光了……要不然，要是我爹还在的话……"

鱼钩在地上写了个"十"，又写了个"八"，她惊叹道："十八年，是杀了十八年吗？"

奶奶说："不是，十八年，就是民国十八年……"

鱼钩有点失望，她不能向同学吹嘘了，要不然，杀了十八年，多么厉害！但是，她似懂非懂地感觉到，这是一件很严重的事情。鱼钩站起来瞪圆了眼睛："奶奶你不要哭，等我长大给你报仇！"

这时一阵凌厉的鸡叫声传来，爸爸和叔叔走出后院，满身都是尘土，爸爸手中握着大公鸡的翅膀。鱼钩趴在窗台上，目不转睛地往外看。奶奶手扶膝盖站了起来："别看了，娃娃不能看杀鸡噢，看了会变傻，变傻就不能考大学了。"鱼钩哪里能听见，一扭头跑了出去。

爸爸一路出了大门，在树槽前蹲下，紧紧攥住公鸡，问叔叔："你杀还是我杀？"叔叔刚上大学，短短半年时间，已经被南方的水土养白，显得十分青春，和爸爸一脸的风霜形成了鲜明的对比。叔叔手持菜刀，正在犹豫，公鸡在空中一蹬腿，回头朝爸爸的手啄去。爸爸一缩手，公鸡用力一扭，险些就要挣脱，爸爸忙腾出一只手捏住鸡头，叫道："快！"叔叔顾不得想，一菜刀划破了公鸡脖子，一股血喷出来，溅了老远。爸爸使劲一旋，把鸡头拧了下来。他骂着："贼厌！"把断开的鸡身和鸡头扔在地上。

没想到，断了头的公鸡噌地站了起来。站在门口的鱼钩吓呆了，没命地大叫起来："奶奶！奶奶！"公鸡好像听见了，脖子一转，朝她奔过来，脚重重砸在地上，脖子里汩汩地溅出血来。鱼钩的双腿动弹不得，只顾没命地叫着。叔叔扑过来用刀砍去，却砍了个空。公鸡狠跑了两步，突然停下来，断掉的脖子转了转，好像在辨认方向似的，然后栽进树槽，歪倒在冰上，不动了。爸爸拎起它的双脚赞叹："屃鸡儿，劲大得很！"

中午，公鸡变成了一碗红烧鸡块。弟弟伸手就要抓，挨了妈妈的一筷子："没规矩！"一年到头，只有冬天才有肉吃，但是没有人会动第一筷，鸡肉要由奶奶来分，一边分，一边念念有词。鸡腿给弟弟和妈妈："吃鸡腿有力气，站得住。"翅膀给姑姑和鱼钩："飞高些，飞远些。"鸡心也归鱼钩："吃鸡心聪明，吃鸡心考大学呢。"鸡胸肉则归爸爸。叔叔高高兴兴地拿起筷子说："来块鸡脖子，我爱吃鸡脖子。"最后，奶奶把鸡头夹到自己的碗里。

鱼钩偷眼看了看，鸡头已经变成了酱油色，小眼睛半睁半闭，似乎立刻就会张开。即使死了，大公鸡还是很可怕。鱼钩恨恨地说："这个公鸡，讨厌得很。"叔叔问："为啥？"弟弟嚼着鸡腿说："鸡啄她屁股了！"叔叔哈哈大笑起来。鱼钩急忙红着脸说："不是的！他胡说！"叔叔说："那是为啥？"鱼钩眼珠一转，说："它欺负母鸡，追着母鸡到处跑！"叔叔又大笑起来："傻丫头，公鸡就是要追母鸡啊！"鱼钩愣住了。真的吗？是这样的吗？她满心都是疑惑。

姑姑只是默默吃饭。半年过去了，省城的药已经用完，叔叔又从南方带来新药，但姑姑仍旧戴着白帽子，仍旧一言不发，仍旧吃完饭就把自己锁在房间里。

杀了鸡，又杀羊，一只羊留下过年，其余都卖到南门市场的肉铺。院子安静下来，也空了下来。人却没有闲着。爸爸每天上街，买鞭炮，买煤，又在后院垒起一堆木材，他打算来年盖两间新房。

　　奶奶和妈妈每天都待在厨房，炸了油粿，又炸馓子，卤了肉，又剁饺子馅。有时姑姑加入，三人一起默默地做事，姑姑不在时，才渐渐生出话来。妈妈说："杨家老太太的事情办得咋样了？"奶奶说："好着呢，正好在年前，肉也有，酒也有，事情办得好呢，就是儿女们过不了年了。"奶奶擀开一大张面，再用茶杯口切出一个个饺子皮。最近奶奶常常胃痛，头痛，她更瘦了，背也更弯了。她突然停下说："人家杨奶给娃们丢下元宝呢，我都没有元宝。"

　　妈妈没有立刻接话，她把馅捏进饺子皮，笑着说："就是的，你咋没给我们丢下几个元宝。"

　　奶奶也笑了："我给你丢下活元宝呢。"

　　两个人笑了一阵，气氛轻松起来。奶奶切完面皮，把剩下的边角料揉在一起。妈妈说："你放心，总能好起来呢。不行我们再上趟省城。"

　　在一边玩面片的鱼钩问："啥是活元宝？"

　　妈妈喝道："娃娃伢伢，大人说话不要插嘴！"

　　奶奶笑了："还有这个娃，我还舍不得这个娃呢，都说鱼钩聪明，我要伺候她上大学。"

深蓝的夜空中都是星光，沙镇的夜异常安静，连风声都不再有。远远地，鱼钩听见叔叔和姑姑在聊天。起先，只有轻轻的谈话声，偶尔还夹杂着笑声。鱼钩好像很久没有听到姑姑的笑声了，那是笑声吗？突然叔叔的声音大了起来："谁提出来的？他提出来的吗？我找他去！"姑姑急忙轻声说："不是的，是我……"

从堂屋传来爸爸的声音："不要说了，睡觉！"

院子里安静了。鱼钩睡着前，听见奶奶在身边翻了个身，长叹了一声。

6

春天，观音巷出现了一个新女孩。

每天放学，女孩都会在巷口买一包杏。她比鱼钩高一头，已经有了少女的样子，细条个，站得轻巧，拿钱的姿态很放松，好像常常花钱似的。

女孩拐进观音巷，长长的马尾在浅紫色双肩包上一刷一刷。鱼钩从未见过这种书包，她和同学们背的都是单肩帆布书包。但她最眼热的，还是女孩手里的杏子。

这天，鱼钩像往常一样，走在女孩后面，痴痴盯着手帕包里露出的杏黄色，女孩的步子忽然慢下来，脸一侧，好像要转身。鱼钩吓了一跳，忙穿过小路，走到另一边。于是她们一左一右，并行在路的两侧。挨到观音庙，鱼钩拔腿想跑,只听一声:"哎!"她转过身,女孩细长的眼睛笑眯眯地,问:"吃杏子不?"

隔着窄窄的泥土路,鱼钩又馋,又迟疑。不仅是因为妈妈禁止她吃别人的东西——"拿人家的手短,吃人家的嘴软",还因为女孩有一种奇怪的口音,像是普通话,又和电视里的普通话不太一样。女孩从手帕包里钩出一个杏,轻轻捏成两半,塞进鱼钩手里,转身朝观音庙走去。鱼钩看着杏,突然想到一个问题:"这是甜核还是苦核啊?"

女孩的背影笑了起来:"你砸开不就知道了?"说着,推开了门。

第二天放学时,鱼钩有了同伴。这个叫晓静的女孩刚转来,比鱼钩高两个年级。晓静总有零花钱,她们一路走,一路吃各种零食,吃完瓜子,又吃杏,吃完杏,晓静蹲在观音庙的台阶上,用石头砸开杏核,轻轻揭掉纹理分明的外皮,露出小心脏一样的白色杏仁,结实,脆,还有丝丝甜味。

鱼钩就像杏仁一样,从小被包裹得很好,在家无法无天,在学校却不敢说话,因此没有要好的同学,晓静成了她第一个朋友。晓静也不知道为什么,不由分说地照顾起鱼钩,也不由分说地命令起她来。只是晓静的口音让鱼钩又敬畏又好奇,终于,她问道:"晓静姐姐,你家是哪里的啊?"

"北京。"晓静傲然道。

即使此刻石头裂开，蹦出杏仁，都不会让鱼钩更震撼，她瞪圆眼睛，声音走起调来："我的天爷！晓静姐姐！北京噢！真的吗？"

晓静细心地剥开残碎的杏核，取出杏仁。她的脸有点长，嘴唇和眉眼一般细薄，看起来比实际年龄成熟许多，此刻眼角得意地上扬着，却又若无其事似的，轻飘飘地说："不相信就算了。"

鱼钩忙说："相信呢，相信呢。"她想了一想，胸膛一挺说："我去过省城！"

晓静递过杏仁："省城算个啥？你这个鱼钩！傻呢！"她似乎是痛心疾首，不相信鱼钩竟说出这种傻话。鱼钩羞愧起来，脸涨得通红，是啊，跟北京比，省城算个啥？为了将功补过，她想出了一个新问题："那你去过天安门吗？"晓静下巴一扬，黄昏的一抹云正挂在观音庙的飞檐上，她悠悠地说："天安门，那可大得很呢。"鱼钩热切地问："有多大？有观音庙大吗？有学校操场大吗？有我们县政府大吗？"晓静却一撇嘴："虱子和骆驼咋比？告诉你，天安门比整个沙镇还大呢，比你见过的所有东西都大！"

已是一地残渣，晓静用手帕擦擦自己的手，又擦了擦鱼钩又脏又黏的小手，站起来潇洒地命令道："好了，回家去吧！"晓静的新身份让鱼钩平添了许多敬畏，她听话地说："嗯！"人却蹲在原地，一动不动，一双圆圆的眼睛吧嗒吧嗒地出神。她的脑子里，天安门还在自行膨胀着，超过了沙镇，超过了省城见到的马路和大楼，是她想象不到的大，她的小脑袋都快要爆炸了。

突然，她听见一声"哎！"，只见晓静站在观音庙的侧门前捂着嘴笑，又冲她勾了勾手。

虽然家就在对面，鱼钩却从来没进过观音庙。每次奶奶提到"烧香""观音娘娘"的字眼，就会遭到爸爸和姑姑的呵斥："封建迷信！"晓静却毫无畏惧，拉着鱼钩的手，昂首大踏步穿过了院子。

观音庙里静悄悄的，院中有一棵老树，一个瘦小的老和尚正在扫地，只听唰——唰——的声音，扫帚在地上留下一条条细细的印记。

大雄宝殿的旁边有一扇小门，推门进去，竟是一个大杂院。晓静掀开一扇门帘，拿钥匙开了锁。晓静居然还有钥匙，鱼钩更羡慕了，但是打开门，眼前却是普通的套房，外屋兼作厨房和客厅，里屋有半截炕。

晓静放下书包，熟练地捅开炉子里的火，坐一壶水，再挖出两碗面粉，开始和面。这一系列动作像行云流水一样，显然是做惯了家事，和"北京人"的形象十分不符。

鱼钩在两个屋子里穿来穿去，四处寻找着新鲜事物。只见外屋立着一个柜子，有三排满满当当的书。她抽出一本，大声念道："水许……"

晓静凑过来一看，咯咯笑起来："水许？还语文课代表呢！连这个都不知道！《水浒传》！知道不？"

鱼钩的脸一涨："我知道我知道！水浒，水浒！"她分辩似的说："我爷爷也有这本书！"这是真的，有一次鱼钩钻进碗柜，看见酱油瓶醋瓶后面有一摞发黄的书，其中就有这本《水浒传》。有时候爷爷会拿出来，戴上老花镜细细地看，好半天都翻不过一页。

鱼钩踮起脚尖，大声念起书架上的书名："《唐诗三百首》《三国演义》《施公案》……"她想让晓静知道，自己不是别字大王，是合格的语文课代表，却听见晓静叫道："鱼钩！过来！"晓静额前渗出细细的汗，沾满面粉的手小心地撩起碎发，笑嘻嘻地看着茫然的鱼钩："你这个书呆子，咋这么爱学习？这些破书有啥好看的，等我去了北京，我妈给我买童话书！那才好看呢！"鱼钩眼睛一亮："什么童话书？"又一想："你要去北京哦？"晓静虽然比鱼钩高，却比案板高不了多少，每一揉，都要努力踮着脚尖，瘦瘦的肩胛骨耸了起来，像是在案板前跳跃似的。她的声音也像跳跃一样："快了，我妈让我到北京上学呢。"

回家后，鱼钩钻进碗柜，从酱油瓶后面翻出《水浒传》。三四岁起，妈妈就教她写字、背诗，她的词汇量已经远远超过了同龄人。她跳过那些难懂的字，专看容易的、讲故事的部分，连蒙带猜，发现了一个比小人书好玩得多的世界。

林冲、梁山、北京、相逢和注定到来的离别……这天到来的信息太多，鱼钩心中堆了一大团东西，纷乱而又饱满，她想到在墙上题诗的宋江，突然很想写点什么，于是拿出练大字的毛笔，蘸上墨水，绞尽脑汁地想着。

　　这些天，妈妈下班总是特别晚。等她到家时，天已经全黑了，鱼钩冲出去，兴高采烈地拉着妈妈的手，把她拽进房间，指给她看，雪白的墙壁上，五个黑色大字歪歪扭扭地分成两行：社会主义好。"义"字下面还掉了一滴墨汁。

　　鱼钩仰头看着妈妈，她太期待得到表扬和安慰了，无论是她的毛笔字，还是她的诗性，还是别的说不清楚的什么。万万没想到，妈妈操起扫帚，在她的屁股上使劲地抽了起来。

　　鱼钩被这突然的遭遇吓了一跳，屁股火辣辣的，心里更是无法理解。她哭了起来，却很倔强地，既不躲，也不跑，一边哭，一边在心里发狠：打吧！打死我算了！妈妈看见她这个样子，更气了，非要打到她服似的，又拼命地挥起了扫帚。

　　门撞开了，奶奶跌跌撞撞地冲进来，挡在鱼钩前面。

　　妈妈还在气头上，她一把拨开奶奶。奶奶已经瘦得毫无分量，一屁股坐倒在地上，她一时无法站立，坐在地上对鱼钩叫道："跑嘞娃娃！你咋不跑啊！"

　　鱼钩就不跑，她仍站在原地。妈妈停手了，她把奶奶扶起来，绝望地看着墙壁上的大字，咳嗽起来。咳了一阵，她端来一盆冷水洗手，水都污了，指头缝里还是黑黑的，都是机油。洗完，再端一盆水，浸湿抹布，开始擦墙壁。一边擦，一边喀喀地咳，咳不尽似的，脸色一层灰青。

在奶奶的怀里，鱼钩呜呜地哭着。她对一切事情都想不通。

7

从那之后，每天放学，鱼钩都去晓静家。晓静做饭，她坐在旁边看书。直到观音庙敲起钟声，鱼钩才放下书，恋恋不舍地回家吃饭。

晓静仍然慷慨地分给鱼钩各种零食，也仍然讲起北京，但是除了很大的广场、很宽的马路、很高的楼，她似乎讲不出更多。北京的诱惑就这样萎缩而凝固了，取而代之的是书中的世界。有时候晓静会突然夺走鱼钩手里的书，逗得鱼钩满地乱跳，鱼钩如饥似渴，只想知道林冲怎么样了，武松怎么样了。

回家之后，鱼钩钻进碗柜，翻出爷爷的旧书。她吃饭看，走路看，躺在床上看，书页上溅满了辣椒油。书中的世界是如此神奇，有时很熟悉，但大多数时候，都很陌生。

一天，坐在晓静家的旧沙发上，鱼钩抱着一本书出神，她突然叫道："晓静姐姐。""嗯？"晓静今天揉面揉了好久。鱼钩说："晓静姐姐，你说，贾宝玉给林黛玉送手帕，为什么林黛玉心里会害怕呢？"

晓静没听见似的，她的面团早就和好了，表面洁白光亮，浮起一个大大的气泡，她却还是一下一下，机械地揉着，气泡鼓得薄薄的，又破了。晓静说："哎，鱼钩！"

鱼钩说："啊？"

晓静说："我妈要来接我了。"怕鱼钩不懂似的，她又说："去北京。"鱼钩呆住了，虽然晓静开口闭口说北京，但是没想到，这一天真的到来了。她心里一挫，酸酸的，张口说："那你还回来吗？"她的语气和平时不一样，有点凶，又有点冷，质问似的。晓静有点意外，眯起眼睛，夸张地冷笑了一声："回来？这辈子都不会回来了！"

鱼钩眨着眼睛，说不出话来。

晓静恨恨地说："好不容易离开，谁还想回来？这个地方又脏又穷，回来干吗？"

鱼钩心里被什么东西刺中了，一种被遗弃的感觉和对沙镇的荣誉感同时升了起来，她气呼呼地说："我们沙镇这么不好，那你咋来了呢？"

晓静说："你以为我想来吗？都怪我爸，好好的北京不待，支援什么边疆，害死我了！"说着用力一摔手里的面团。

鱼钩灵机一动："你们北京这么好，你吃的还不是沙镇的面？喝的还不是沙镇的水？"

晓静噎住了，竟说不出话来。

鱼钩来劲了："你喝沙镇的水，还不是我们沙镇的人？"

晓静不甘示弱地冷笑道："你们这儿哪有人？沙漠里哪里有人？沙漠里都是老鼠！"

鱼钩气急道："北京都是狗！"

晓静骂道："沙老鼠！"鱼钩还道："北京狗！"于是，她们瞪着眼睛，"北京狗""沙老鼠"地对骂了半天。在有节奏的对骂中，晓静不过和鱼钩一样，都是孩子。

鱼钩越骂越激动，脸涨得通红："行，你走啊！你现在就走！你把我们沙镇的饭吐出来！"

晓静扑过来："你先把我的书放下来！"

鱼钩将书用力拍在桌上，眼泪几乎要掉了下来，她一句话也说不出来，背上书包跑了出去。远远地听见晓静叫着："你把我的杏给我吐出来！沙老鼠！"

那天晚上，鱼钩心里发誓，永远、永远都不跟晓静玩了。

第二天放学前，鱼钩改变了主意，她想，如果晓静请她吃凉皮，糖油糕也可以，她就原谅晓静。但是，晓静并没有出现在校门口。

观音巷的水果摊前，杏子早已下市，第一批桃上市了。晓静也没有出现。

观音庙依旧那么安静，通往晓静家的小门已上了锁。站在空无一人的院子里，鱼钩看起来很小，又不知该去哪里。她第一次看到前殿中漆得像年画娃娃一样的四大天王，又第一次看到黑洞洞的正殿里，从暗处垂下许多金色的经幡，不知道从哪里来的阴风，吹着经幡轻轻拂动起来。

晓静说走，就真的走了。

鱼钩又一个人走在了路上。这条路似乎比以前长了许多。

一天，她像往常一样，边走路，边看书。突然砰的一声，撞到了电线杆。她摸了摸头，听见后面有咯咯的笑声，回头一看，是弟弟。

她瞪了一眼，准备走开。她已经长大了，不会在大街上揍弟弟了。弟弟却跑过来拉着她的手说："快跟我来！"被弟弟热热的小手牵着，鱼钩突然发现，弟弟好像也长大了，旋风似的跑得飞快。在她埋头书中世界的时候，路边的树绿得深了，春天快要过去了。

跑过南门菜市场，拐进那条长着槐树的小街，鱼钩看到了妈妈，旁边那个是谁？那是姑姑，姑姑没有戴帽子，而是一头乌黑的短发。虽然不像以前那么长，却比以前更黑更亮了。

"姑姑的头发长出来了！"弟弟在她耳边说。

姑姑已经很久没有跟人对视过了，此刻也一样，微微低着头，脸上却笑笑的。姑姑的头发是什么时候长出来的？她竟然一点都没有注意到，鱼钩很开心，又觉得很神奇。像姑姑和妈妈一样，鱼钩和弟弟一句话都没有说，却说不出地高兴，环绕着姑姑，从左边跑到右边，从后面跑到前面，像两只欢庆的小鸟。姑姑仍旧笑笑的，伸出手一边拉住鱼钩，一边拉住弟弟。

奶奶在大门口等着，双手背在后面，腰越发佝偻，但是满脸的皱纹都松开了。奶奶好像好久没有这样笑过了。

在鱼钩印象里，那是特别快乐的一天。

8

观音巷里停了一串黑色的桑塔纳，从鱼钩家门口，一直停到了南街。中间那辆最新最亮，挡风玻璃上牵了一朵大大的红花。

"来了！来了！"一群人簇拥着姑姑从屋子里走了出来，走到了车前。姑姑穿着大红裙子，乌黑的头发在脑后梳起一个髻，又笼了一层红色的纱。

"压轿娃娃呢？"

"在呢在呢！"有人把鱼钩推了出来。鱼钩穿着粉红色衬衣，头上扎着红色的蝴蝶结，手里抱着一个玻璃盒子。

家里没有摆酒席，也没有放鞭炮。一个月前，院子里还满是黑色的幛子、白色的花圈、吹唢呐的道士，吊唁的人们络绎不绝，此刻只有门口还留着白色的挽联。爷爷坐在墙边，一动不动。往日木讷的他在葬礼上突然放声大哭，连哭三天之后，更不爱说话了。

她们几乎是被推上了车。"走吧！走吧！"车外的人们嘈杂地重复着。

车开了。鱼钩坐在中间，左边是姑姑，右边是孟叔叔。姑姑的脸藏在纱背后，看不清楚表情。孟叔叔今天没有戴黑色眼镜，却也看不出他在想什么。鱼钩想，今天回家以后，就看不到姑姑了。"你姑姑成别人家的人了。"妈妈说。以前姑姑去外地读书时，鱼钩也曾送别过，却从没有像今天这样不高兴。她想去拉姑姑的手，但是，自己手里还有玻璃盒子。这个盒子是姑姑同学送的，玻璃里嵌着一只杏黄色的毛绒小狗，保护小狗，是鱼钩今天的任务。她抱住玻璃盒子，越抱越紧。

车开得很慢，但还是很快就到了。她们停在一个院门口，鞭炮噼啪炸响。"新媳妇来了！"有人叫着。突然拥出很多人，簇拥着姑姑走进去。

院子里拉起了帆布棚，酒席已开始，到处是粗壮的猜拳声，和鞭炮声吵成一片。以姑姑和孟叔叔为中心，形成一个人团，在院子里滚动着。有人要挤进去，有人要挤出来，有的人拉，有的人推。"这里！这里""让开！让开！""往这里走！"叫声此起彼伏。鱼钩很快被挤了出去，站在院子当中，抱着盒子，不知道该往哪里去。

一个长着黑痣的老婆子问："这是谁家的娃娃？"另一个老婆子说："就是压轿娃娃啊，你看这大花眼睛，跟她姑姑像不像？就她奶奶，才六十几岁就走了，一个好老婆子，可惜的呢。"她们啧啧叹息着，长黑痣的老婆子夹起一个肉丸："你尝一下，郭大师的砂锅最拿手了。"

鱼钩不禁盯向了肉丸子。这时，突然传来一阵打雷般的笑声，院子里出现了一个奇怪的人，他又高又壮，脸上红一道，白一道，黑一道，耳朵上挂着红辣椒，腰间又挂了一个白萝卜。旁边的人们嬉笑起来，怪人十分得意，突然又爆发出大笑，这笑声很像爷爷曾经带她听的秦腔。怪人转身看到鱼钩，花脸一拧，大声说："这是谁家的娃娃？"

鱼钩哇的一声，大哭起来。长黑痣的老婆子想来拉她，她却奋力一挣，朝人团滚动的方向挤去。

从一丛大腿缝里钻出去，鱼钩看见姑姑站在屋子正中，旁边都是人，其中一个男人嬉皮笑脸地举着酒杯，凑在姑姑前面。鱼钩认出了男人，他就是于家铺子那个吃油炸大豆的。男人使劲往前凑，姑姑往后退让着，又已无处可退。有人在旁边说："不行不行，总得先吃点东西。"男人嬉笑着说："等你们晚上睡在一个被窝……"姑姑瞥见挨进来的鱼钩，声音厉害起来："不要胡说，娃娃在跟前呢。"男人脸色一变，突然伸手去拉姑姑的头发，姑姑惊叫一声，躲避不及，一屁股坐在了地上。一个老婆子伸手去拉姑姑，说道："丫头，今天这日子，你可不能哭。"姑姑把她的手甩开，坐在地上哭了起来。奶奶去世的时候，姑姑也是这样哭的，像里面都坏了一样，咽喉里发出吼吼的哭声。

男人看了看手中扯下的几根头发，有点意外又有点尴尬似的，嬉笑道："哭啥？这是给你面子呢……"话音未落，肚子上被什么撞了一下。

原来是鱼钩冲了过来，男人一把推开她，却吓了一跳：鱼钩的脸上横七竖八布满了血路。鱼钩还不知道自己的手已经被玻璃盒子的边缘割烂，呜呜哭着，一边擦眼泪，一边朝男人乱踢。

男人叫着："这娃疯了！"旁边的人上来要抓鱼钩，鱼钩一拧身，钻了出去。

她跑出大门，朝着记忆中的方向跑去，她记得，奶奶葬在西门外的一片沙地里。下葬的前一天，他们排成队，围着红色的棺材看奶奶。她踮起脚尖看去，奶奶躺在被子里，闭着眼睛，不知是谁梳的头发，整整齐齐，归到脑后。奶奶更瘦更小了。

姑姑的头发长出来之后，奶奶就病倒了，好像一口气突然松了，撑不住了。正逢暑假，鱼钩到处疯玩，直到有一天姑姑叫醒她，说奶奶睡着了。一拨一拨人来到家里。

她从没见过那么多道士，也没有见过那么多幡子，那么多不认识的亲戚，她也从没戴过白色麻布做的帽子。

她并不明白到底发生了什么，只是姑姑哭，妈妈哭，爷爷哭，连爸爸也哭了起来，所以她也跟着哭。她也有不高兴的事情，迎大寨时，弟弟举起了绕魂幡，走在了队伍前面。爸爸说，他是长孙。可是不对，鱼钩才是老大，奶奶最喜欢的明明是鱼钩！

在姑姑的婚礼上，鱼钩才模模糊糊地明白，奶奶去世了，这到底是什么意思。她再也看不见奶奶了。可是她不要，她要跑到奶奶坟前，告诉奶奶，有人欺负姑姑，奶奶快来保护姑姑，保护自己。

就这样，一个满脸血和眼泪的小孩狂奔在沙镇的大街上。

突然，有人拉住了鱼钩的胳膊。她听见妈妈问："你要去哪里？"鱼钩动弹不得，吼吼地哭着。

妈妈拽着她往回走："傻丫头！"

鱼钩仰天大叫："我不去！"

妈妈问："那你要去哪里？"

鱼钩说："哪里都不去！"

妈妈拉着她转向另一条街，那是回家的方向。

鱼钩屈服了。其实再跑，她也不知道该去哪里，单靠自己，她找不到奶奶坟墓的方向。

走了一阵，拐进观音巷，前面就到家了。妈妈说：

"以后姑姑的房间就归你了。"

鱼钩的抽泣声停了一下，说："那自行车呢？"

妈妈说："傻丫头，还能给谁呢。"

渐渐地，鱼钩不哭了，只有喉咙里还抽搐着，发出伤心的喘息声。

滑板车

在这座城市，每家都有一个宝宝，而每个宝宝，都有一辆滑板车。这天早上，十五楼东边那户的宝宝拉着蓝色滑板车，一边尖叫，一边朝门口冲去。门外站着一位老人，是宝宝的奶奶。昏暗的楼道里，奶奶的脸色沉得吓人。

"滑板车放下。"奶奶说。

宝宝是个六岁的男孩，结实健康，精力无限，宛如一个装了永动机的小肉球。他伸出一只手，用力推搡奶奶，却怎么也推不动。他向旁边一钻，拨拉着奶奶的腿，想拨出一个缝隙，还是拨不动。奶奶虽然瘦弱，却能牢牢地守住大门，真是不可思议。宝宝仰头望着奶奶，发出哼哼呜呜受挫的声音。奶奶却丝毫没有让步的意思。宝宝当然也不会放弃，他突然蹲下，往奶奶的胯下钻去。奶奶迅速并住双腿，两只曾操作过车床数十年的手用力钳住男孩的肩膀。宝宝发狂了，他一头向奶奶顶去。如果地板不是混凝土筑就，上面又铺了陶瓷地砖，他旋风一般往后蹬的双腿一定能刨出巨大的坑。可是，尽管宝宝用尽了全身力气，还是一步也不能前进。

眼见闯不过去，宝宝软了下来，他仰起脸，带着哭腔哀求道："我就要带！我就要带！奶奶让我带嘛！"他这一软，奶奶也缓和下来，好声好气地说："宝宝听话，地铁上人那么多，这东西太碍事……"说着，她伸出手去抓滑板车："我们宝宝最乖了……"宝宝才不会上当，他忽地一转身，护住滑板车，尖声叫道："我就要带！我就要带！"

尖叫是宝宝的大杀器，他的声音里带着奶味，又尖又高，足以扎穿墙壁，扎穿人的头骨。为了让这尖叫停下来，大人通常都会让步，因此宝宝尖叫得更凶了。他饱满地重复着自己的宣言："我要带我的滑板车！我就要带！我就要带！"他一边叫一边扭动，余光里，奶奶一动不动，但是，妈妈抱着弟弟从卧室出来了，往这边看过来。宝宝更加起劲了，他闭上眼睛，尽情地扭动身体，仰天尖叫："我就要带！我就要带！"爷爷也出来了，他手拿一件红色外套，从后面扑住宝宝，将他扭动的胳膊塞进袖筒，一边塞，一边虚弱地说："他非要带，你就让他带上……"

奶奶厉声喝道："你别管！"

这一喝显然很有威慑力，爷爷不说话了，努力固定住宝宝，把他的另一只胳膊塞进衣服。妈妈也停下了脚步，抱着还在睡觉的小宝，慢慢走回卧室。不知道宝宝是喊累了，还是发现自己求援无效，尖叫弱了下来。就在一个安静的瞬间，他听见奶奶说："宝宝。"宝宝睁开眼睛，看见奶奶蹲下身子，出奇地和蔼："滑板车和上课，只能二选一哦。"宝宝头一昂，眼一闭，饱饱地吸了一大口气，摇晃着身体，用更加尖厉的声音叫道："我就要带！我就要带！我就要带！"

砰！奶奶从外面送上防盗门，接着，传来电梯轰隆隆的声音。

爷爷刚给宝宝扣上最后一颗纽扣，这时，爷孙俩看看紧闭的门，呆住了。爷爷埋怨道："你看看，你不听话，这下奶奶走了。"宝宝还是那句话，音量却直线掉了下来："我就想带我的滑板车嘛……"爷爷站起身说："赶紧，快去追！"宝宝却不吭声，低头抠着滑板车把上的贴纸。"快点！不然来不及了！"爷爷催促道。宝宝突然扔开滑板车，冲进卧室。妈妈坐在床上，怀里依旧抱着沉睡的弟弟，她什么也没说，或是已没有力气说什么，光是怀里这个，就已经够累了。

宝宝一分钟也不能停下，他从床边拽出一个绿色青蛙图案的书包，拉开拉链，里面是他存了半学期的成果——满满一书包糖。他的胖手指在那些花花绿绿的宝贝里翻着，哗啦啦，哗啦啦，最后捞出一个大果冻。

他正要撕开果冻的塑料封纸，突然，外面传来敲门声。奶奶的声音从外面飘进来："宝宝，我最后说一次，你去不去？"

宝宝从床上弹起来，狂风一般扑在滑板车上，手里握着没有开封的大果冻。家里再次响起了他的尖叫声："我要带上我的滑板车！"

门又关上了。这次奶奶是真的走了。

奶奶看上去是一个普通的老年女性，衣着普通，长相普通，走在街上，你大约不会注意到她。她尽量挺直腰板，走得有尊严、有精神，双肩却像卷心菜叶一样向里卷着，这是抱孩子太久的结果。

奶奶，自从宝宝出生之后，就成了她最重要的称呼。不只是她，爷爷，爸爸，妈妈，也都有了自己的身份，所有人围绕宝宝，构成一个宝宝宇宙。儿子、媳妇也这样叫她：奶奶，晚上吃啥？又出去逛了啊奶奶？对于称谓的变化，奶奶倒是不介意，年纪大了嘛，就应该带孙子，这是自然规律。她的同学、同事、亲戚，退休后纷纷奔赴儿子女儿所在的城市，"去上岗啦"，他们兴高采烈，生怕别人不知道，还要补上一句："伺候孙子！"而那些没有孙子孙女可伺候的老人，这时都抬不起头来，不用人问，自己先心虚起来："就是啊，还没有呢……"要是儿女迟迟不婚，尤其是女儿，那就更抬不起头了。"咳，读书读傻了！"他们会这么恨恨地说。

相比之下，奶奶很满足了。辛苦做活，她并不害怕。一日三餐，幼儿园接送，教宝宝认字、算数，看着他不要受伤，不要走丢，也不要打碎什么东西，晚上再完好地还给他的爸爸妈妈……这些活，习惯了也就习惯了，何况有爷爷分担。只是偶尔，也许不是偶尔，这八十平米的楼房让她喘不过气来，她想出去，去宽展的地方，有太阳、有青草、有风的地方，自由地走，大口地呼吸，就像这时候一样。

　　公共汽车开了，窗外的风比前两天软，风里有露水的湿气，槐花的甘甜，新生树叶的清香，也有泥土的腥味。春天来了。

　　奶奶心里松了下来，她转头看向车里，人很少，也很安静，只有引擎声隐隐作响。往常宝宝在身边，总要问东问西，奶奶，下一站是什么？奶奶，这个字念什么？即使他不说话，也绝不安分，一会儿坐，一会儿站，一会儿爬，还有那讨厌的滑板车……终于清静了。可是每当外面清静的时候，心里就会冒出别的声音。这会儿他们在干吗？奶奶想，不用说，都在埋怨自己，咋？明明是带孙子去上课，孙子没去，奶奶自己跑了，这还像个奶奶吗？他们肯定这么说，别以为奶奶不知道！但是，奶奶在心里跟所有人吵，现在这种情况，责任在谁呢？在他们！是他们把孩子给宠坏了！然后，奶奶挨个点名，爷爷是耳根子最软的，最娇惯！要糖就给买糖，想带滑板车就让带！宝宝就看准了这一点，每天从幼儿园回家的路上就缠着爷爷买糖，买果冻，奶奶是绝对不会给他买糖的！你别看他是小孩子，他可是什么都懂……还有媳妇——平心而论，媳妇已经很好了，她们从来没红过脸，现在哪还有这样的媳妇？原来单位上的老赵，跟媳妇过不到一块，一气之下回了老家，现在连孙子的面都见不到……比起来，奶奶这一家已经算不错了，但是，媳妇带孩子的方式，奶奶实在不赞成，什么快乐教育，光顾着快乐了，没有规矩，无法无天，这以后怎么办呢？还有小宝……奶奶的脑海里出现了媳妇那张疲倦又忍耐的脸，忍不住叹了一口气。儿子呢？儿子也不容易，每天一早出门上班，天黑才会回来，也没闲着，太辛苦了，做父母的应该要分担啊……想着，奶奶心里的声音乱了，也弱了。

下了公交车，奶奶犹豫着，穿过马路往地铁站走去。这是一条城郊的马路，周末清晨，车辆很少，余光里，奶奶看到一辆电动车远远驶来，她脚下紧走几步，想快点冲过去。没想到，电动车也加了速，不仅如此，还按响喇叭——"嘀！嘀！"——冲了过来。奶奶一辈子争强好胜，喜欢走在人前面，绝不喜欢等待和退让。刚到这座城市时，她总是闯红灯，乱穿马路，爷爷跟在后面胆战心惊，好半天才跟过去。你咋没被撞死！爷爷骂她。奶奶哼了一声，都跟你似的，天黑也过不了马路！有了宝宝之后，奶奶过马路规矩了许多，但这次，她被激起了斗志。奶奶放慢脚步，昂首目不斜视，如同一位荒野里的女王。你敢？你来试试？她的样子仿佛在说。电动车的喇叭声更急了，"嘀！嘀！嘀！"越来越近。奶奶微微转头，扫了一眼司机——一个老头，只一扫，像是根本没必要看清楚，更没必要闪躲。其实她的心跳得厉害，万一老头发疯了呢？下一步也许就得撒腿狂奔了，但那一瞬间，奶奶就像个大胆的赌徒，她相信自己的意志和运气，她赌自己会赢。果然，老头一个急刹车，前轮一扭，从奶奶身后绕过去，气急败坏地留下一句："你他妈找死啊！"奶奶像没有听见似的，继续昂首走着，心里却一阵得意。她赢了！这小小的、荒谬的胜利将刚才的怀疑一扫而空，奶奶毫不犹豫地走过路口，沉入了地铁站。我没错，应该出来，奶奶想。

从地铁站出来，满眼都是高楼大厦和穿着入时的年轻男女。他们原本住在这附近，宝宝的钢琴班也就报在这里，可是春节后，为了让宝宝上学，全家都搬到了郊区。钢琴课怎么办呢？理所当然地，接送任务转交给了奶奶。那天，奶奶带着宝宝，宝宝带着滑板车，他们先坐公车，再转地铁，花了一个半小时，宝宝才进教室。等待的时候，奶奶把大楼转了个遍，连保洁员休息的小黑屋都找到了。在三楼，她看到一扇玻璃门上贴着海报：古筝教学，一对一，年龄不限。奶奶被"年龄不限"这几个字吸引住了，正在反复琢磨的时候，门开了，一个长发女孩笑嘻嘻地说："阿姨，进来看看吧！"下次再去时，奶奶拿出一个月的退休工资，给自己报了名。就这样，每个周末，她和宝宝一起出门，各学各的。没错，宝宝不来上课，奶奶还是要来的，她要珍惜每一节学习的机会。

奶奶在心里默默回忆了上礼拜的功课：邓丽君《小城故事》。这个礼拜，她一直在练习这首歌。每天晚饭后，爷爷拖地，奶奶洗碗，妈妈给小宝喂奶，宝宝偷了妈妈的手机玩种菜游戏，爸爸在电脑上打游戏。洗好碗之后，奶奶把筝架在床上，一手弹拨，一手捻。操作过车床、洗过碗筷的手很粗糙，指节很硬，音符断断续续，一惊一乍地响着——叮……叮……铮……儿子嘲讽的笑声从主卧传来，但是奶奶没有停下来，过了一会儿，音符连起来了，旋律有了，句子成了。奶奶专心地弹着，终于弹了完整的一小节。她停下来，快乐地叹一口气，抬头四顾。屋子里很安静，所有人都在做着自己的事，看电脑的看电脑，喂奶的喂奶，打扫卫生的打扫卫生，玩游戏的眼睛没有离开手机。似乎没有人注意到奶奶在干什么，却也没有人再笑了。奶奶收起筝，去主卧接过小宝，让妈妈腾出手去没收宝宝的手机，帮他洗漱，准备睡觉。在奶奶的琴声里，大家进入了一个普通的夜晚。

推开那扇玻璃门时，奶奶脸上已满是殷勤的笑容："李老师好！"

下课之后，奶奶没有回家，她拐进公园，举起了手机。

古筝只是奶奶上的课程之一，最近，她还在微信群里学手机摄影。她用手机拍下公园里的景色，墙边那两排一串红像戏里打马的红缨子，爬满栏杆的蔷薇撑起一架一架粉红的花墙。不过奶奶最喜欢的还是那一大片黄色的郁金香，好像老家夏天时望不到边的葵花地。

她点开镜面模式，屏幕里出现了两株郁金香，好像花在照镜子，而镜子——两株花的交界处——像水里的漩涡一样流动着，变幻着，跟变魔术似的。拍好了，奶奶把手机拿远，眯着眼睛欣赏。漂亮吧？她心里说，漂亮，花漂亮，手机里的花更漂亮。

奶奶拍一张，看一张，走到公园的尽头，只见两个草扎的雕塑，左边一匹绿色大马，拉着一架绿车，车上停了一个红叶扎成的草球，右边是一个巨大的绿色女人头像，脑后扎着一个又大又圆的发髻。马、车、球和女人头都修得又整齐，又毛茸茸的，让人很想伸手摸一摸。

太漂亮了，她心里赞叹，人也太厉害了，啥都能想得出来！干得出来！奶奶举着手机，围雕塑转了两圈，每个角度都要拍下来，以后还不知道能不能来呢。

刚才古筝课结束之后，李老师问起续课的事。说真的，奶奶动心了，她喜欢学琴，也喜欢李老师，李老师总夸奖说，阿姨你怎么这么聪明，一学就会，阿姨，你真是我教过的最优秀的学生……家里没有人夸她，大家都沉默。但奶奶思前想后，还是没有续。等我回去问问我儿子，当时她说。

奶奶看了一会儿手机里的照片，又点开微信，想跟谁说点什么。打开初中同学群，她选中几张大马和女人头的照片发了过去，附上刚才跳入脑海的两句诗：为有牺牲多壮志，敢将日月换新天！没有人回复。这帮老家伙，肯定都忙着做饭、带孙子呢，只有闲在老家的老赵回道：老薛，你今天放假啦？

屏幕上显示，爷爷的电话已来了三次。奶奶收起手机，告别自由自在的春天，往家的方向走去。

餐桌上已摆好饭菜，有浓油赤酱的五花肉、翠绿的蒜薹，还有一碟香菇油菜，不用说，是爷爷做的。奶奶一向口味清淡，看到这些菜就皱起眉头，但是这一上午过去，她知道这不是自己挑剔的时候。家里的气氛明显有些压抑，而这情绪的指向就是奶奶。她提高声音，装作欢快而惊奇地问道："饭都做好了？"

没有人回答她，只是各自坐上自己的位子。儿子也回来了，叉着腿坐在主位上。

这是一个常见的中国家庭，即使心里都是问题，都是埋怨，却都沉默着，忍耐着，只是端起碗，夹起菜，把汤汁拌进米饭，将这滋味复杂的一餐糊里糊涂地吃掉。只有小孩子什么都不知道，宝宝一手托着脑袋，一手用小勺有一搭没一搭搅着米饭，一口都不吃。今天趁奶奶不在，宝宝一口气吃了三个大果冻、五颗奶糖、四颗水果糖，肚子已经填满，什么都吃不下了。他的举动很快吸引了所有人的注意，一时间，所有人都停下来，盯着宝宝。宝宝却浑然不觉，一边搅着米饭，一边发出哼哼唧唧的声音。就在爸爸脖子一梗、眼睛瞪起来的时候，妈妈赶紧出声了，她怀里仍抱着小宝，声音非常温柔："吃点青菜啊宝宝。"她夹起一条油菜放进宝宝的碗里："你看你，嘴巴都裂开了。"宝宝懒洋洋地将油菜拨到一边："我不想吃。"妈妈又夹起一根蒜薹："那吃根蒜薹，你最喜欢的。"宝宝把蒜薹也拨了过去："哎呀我不想吃。"妈妈说："那你想吃啥？"宝宝眼睛一亮，抬头说道："我想吃方便面。"

这时爸爸啪地放下筷子，说道："吃什么方便面！好好吃饭！"

宝宝不说话了，但也并不吃饭，他用勺子刮向碗的边缘，刮得吱吱作响。

爸爸的眼睛又瞪了起来，妈妈急忙说："宝宝别这样，多难听呀，这样大家都不喜欢你了。"

听了这话，宝宝突然嘻嘻一笑，仿佛有了灵感。他用勺子挑起蒜薹，往外一拨，蒜薹划起一道弧线，掉在地上。"啊呀！"爷爷曾种过地，一辈子最怕浪费粮食，这时心痛地叫起来，"这个要饭鬼！"宝宝笑得更开心了，勺子再一挑，又是一道弧线，油菜也飞到了地上。

爸爸的眉毛都竖了起来，喝道："给我滚！不想吃就滚出去！"妈妈赶紧说："快去玩吧，一会儿让爷爷给你煮方便面。"

听了这话，宝宝立刻放下勺子，翻身就要从椅子上滚下去，这时，听见爸爸喝道："先别走！"宝宝停在半路，跪在椅子上背对餐桌，爸爸的声音从后面传来："我问你，今天怎么没去上课？"宝宝的脸贴着椅背，没有说话，只是发出嗯嗯哼哼的声音。爸爸的声音缓和了一些，却有很真实的心痛："爸爸给你花那么多钱，一节课好几百……那钱不能退的，你知道吗？"这话显然不是说给宝宝听的，就连正在哼哼唧唧的宝宝也歪起脑袋偷瞥了一眼奶奶。

刚才这一整段对话，奶奶一直在低头默默吃饭。儿子说过，爸爸妈妈管孩子的时候，爷爷奶奶不要插嘴。一开始，他们没少争执，争到后来，爷爷先悟了。算了，他跟奶奶说，毕竟是人家的孩子，我们得搞清楚自己的角色，我们是来帮忙的。当然，这只是一层，另一层是，奶奶知道所有人都对自己有怨言，但是，她心里也有怨言啊，因此她没有说话，只是夹了青菜，就着白饭，看也不看。可是这时，似乎必须得说点什么了，她仍旧没有抬头，平静地说："宝宝，坐下好好吃饭，不要让人家说你。"

宝宝当然是不会听话的，他跪在椅子上，抠着椅背上的贴纸。爸爸看向奶奶，很想做出一家之主的样子，但是童年以来对母亲的畏惧，让他出口时虚了一截："奶奶今天咋回事，咋没带宝宝去？不是说得好好的嘛……"

奶奶拿着筷子的手一顿，正要说什么，爷爷赶紧抢在前面说："都怪这孩子，带啥不好，非要带滑板车，那东西碍事得很，有的司机，车都不让上呢。"

爸爸松了一口气，往椅背上一靠："嗨，我以为多大事呢，不就是滑板车嘛，他要带，你就让他带上，那有啥？"看没有人接话，他的声音壮起来："奶奶今天这样就不对，你说是孙子的课要紧，还是奶奶的课要紧？孙子的课没上，奶奶自己倒去上课了，说出去让人笑话，都这个岁数了，上啥课？浪费这个钱干吗？……"

"以后不去了。"奶奶突然说。

所有人都吃了一惊，看向奶奶，搞不清她是在发脾气，还是说真的。

"今天最后一次，以后不去了，你们满意了吧？"奶奶尽量想说得平静、释然，肚子里却有一团酸酸的东西往上顶，顶得她声音发抖。如果说离开李老师时，奶奶还抱着一丝幻想，那么刚才，连这一丝幻想都没有了，没有人会支持她，他们都在等她放弃。好，她放弃了，结束了，他们不会再为此吵架了。她扯了一张纸巾，想把这团酸酸的东西从眼睛里擦掉，却越擦越多。与此同时，或许她也没有意识到，这股巨大的委屈和愤怒涌出来，充斥了整个房间。

静默的空气似乎有极大的压力，连沉睡的小宝都醒了，眼睛滴溜溜地转着。喂奶的时间到了，妈妈抱起他走进卧室，而宝宝也趁机溜下椅子，逃走了。餐桌边只剩一家三口。

"不去了？"爸爸愣了一下，又急忙说道，仿佛是想要驱散不愉快的氛围，"哦，不去了好，这几年，你们最重要的任务还是要做好我的后盾，把后勤工作做好，对吧？孩子管好，家里管好，这两年是我工作上最关键的时候，领导对我提了要求，把业绩做上去，如果能做到地区第一，就提拔我当地区总经理……"他是个简单、乐观的人，很容易被自己说服，他越说越开心，似乎美妙的未来世界即将到来，必将到来。滔滔不绝间，他似乎又听见奶奶说了什么。"啥？"他停下来问。

"我说，"在这样一个家庭里，人们并不擅长对视，吵架时不是对着孩子，就是对着各自面前的饭碗和菜，仿佛是由菜来传话，奶奶盯着眼前的香菇油菜，一字一字地重复，"我浪费的是你的钱吗？"

爸爸顿住了，才意识到奶奶回应的是他前面说的话。嗨，他只是随口说说，提这干吗？但他还没开口，就听奶奶继续说道："幸亏我还有份工资，要不然，伸手跟你们要钱，得有多难呢！"她用纸巾擦干眼泪，又擦了擦面前的桌子。"我一辈子，给国家工作了三十几年，国家给我发退休工资，我上课，花的是国家给我的钱，花你的钱了吗？我浪费过你一分钱吗？这屋里每天吃的，"她看看桌上的菜，油已经冷掉凝住了，"就这些菜，也是我们买的！"

"哎呀，说这干啥，"爷爷一直沉默着，这时赶紧接话，他盯的是芹菜肉丝，"不说了不说了，一家人不说两家话。"

爸爸的脸色如同面前的红烧肉一般黑中透红，声音狼狈起来："咋了？买菜的钱，不够吗？过年的时候不是给过一次吗……"

"不说了不说了……"爷爷慌乱地挥着手，却没有任何作用。老年男性在家里的位置，通常已掉落到了食物链的最底端。

奶奶终于占据了上风，眼神偏离香菇油菜，往儿子的方向抬了一抬："你知道我为啥不去上课了？"

爸爸有种不祥的预感，奶奶要由守转攻了，他干笑着，转向父亲求助："你看老妈，搞笑了，说这么多没用的……"

奶奶的声音却很坚定："我问你，宝宝上学的事情咋样了？"

爸爸怎么也没有预料到问题会转向这里，愣了一下，不情愿地说："解决了啊，咋没解决？夏天入学。"

"今年解决了，"奶奶问，"那以后呢？六年以后呢？"

"哎呀烦死了，"看样子这是爸爸不愿谈论的话题，他的眉头拧成一团，"想那么多干吗？到时候再说！"

"到时候再说？到时候你还要搬到哪儿去？"奶奶说，"你数过没，这些年我们搬过多少次家？"

　　什么？爸爸又愣住了，他当然没有数过。

　　奶奶说："我数过！十一次！十年倒搬了十一次家！越搬越远，从二环搬到三环，三环搬到四环，四环搬到五环……现在这是哪儿，我都不知道了，谁知道明年还要搬到哪儿？还能去哪儿？还上课……"

　　"哎呀！"爸爸大声说道，这些话毫无疑问刺痛了他，让他想制止母亲说下去，"这些事情你又不懂，你不要管！"

　　"我不懂，我不管，能行吗？这是你一个人的事情吗？"回家的路上，这些话已经在奶奶心中排练了很多遍，一旦打开，就很难停下来，"十年前我就跟你说了，早点买房子，早点办暂住证，你得学习政策，不学习政策是要吃亏的，你不听。'你不要管，你不懂！'现在呢？一家人跟着你跑……我们也就算了，老了，跟着你就跟着你吧，孩子咋办？耽误了上学，孩子以后要怨你呢……"

　　"怨我怨我，"爸爸终于忍不住了，他能怎么办？什么事都得他去搞，他有什么办法呢？这些早已超出他的能力，只能走一步看一步，还能咋办？那双酷似母亲的眼睛也红了，他转头看向父母："怨我，咋不怨怨你们？你们是给我房子了，还是给我户口了？你看看别人家里……"这时他看见父亲一头白发，母亲头发虽未变白，却已非常稀疏，他们对着菜的脑袋微微动了一下，像是被他说中了，想抬起头，却又抬不起。他说不出后面的话，咳了一声站起来，心里烦躁得紧，只想尽快离开这里。

这时，只听咯咯咯一阵笑声，宝宝在阳台上找到了蓝色滑板车，脚一蹬，朝餐厅滑来。餐桌上的所有人都沉默着，愤怒着，伤心着，没有人理他。宝宝咯咯笑着，绕餐桌滑了一圈，还是没有人理他。宝宝的眼睛滴溜一转，急停在自己的座位前，碾过刚才自己扔出的油菜，碾成一摊绿色的污渍，又小心地往后退，将这摊污渍碾得更加稀烂。这次，他成功地吸引到了大家的注意，平常负责打扫卫生的爷爷站起来叫道："哎呀，这个恶心鬼！"爷爷伸手想抓住宝宝，宝宝却滑走了。他一路咯咯咯笑着，回头欣赏着自己碾出的绿色轮子印。滑板车骨碌碌，从餐厅到阳台，从阳台到卧室，又从卧室滑出来，宝宝太快乐了，骨碌碌，咯咯咯，一路笑个不停。

爸爸憋了一肚子火正无处发泄，这时大吼道："别滑了！"卧室里，妈妈温柔的声音也传了出来："宝宝，不要在家里滑哦。"宝宝更开心了，他滑进妈妈的卧室，再滑到爷爷奶奶的卧室，又滑了出来，整间屋子都是骨碌碌的轮子声和咯咯咯的笑声。

"我让你滑！"爸爸几个大步追上，一把拉下宝宝，另一手举起滑板车。"你再滑，"他打开窗户，"我给你扔下去！"

宝宝仰望着，他只到爸爸的腰部，抢是抢不过的，但他眼珠又一转，转身跑进爷爷奶奶的卧室，拉出一个行李箱，趴在上面，脚一蹬，骨碌碌地又滑了出来。咯咯咯，他又笑了起来，同时挑衅地看着爸爸。爸爸扔下滑板车，又追了上来。宝宝驾驶着行李箱，爸爸跟在后面追，这情形看起来实在滑稽，宝宝笑得更开心，爸爸也更加气急败坏了。

宝宝又滑进餐厅——最初的战场，滑到自己的椅子前，他想用行李箱碾过那条蒜薹。但这显然是个战略失误，爸爸大步追过来，一把拎起宝宝，然后提着行李箱回到卧室。宝宝仍然咯咯笑着，紧跟在爸爸后面，想夺回箱子。爸爸一伸手，将他拦住，宝宝绕到另一边，又被爸爸拦住了——这和早上的情景一样，但力量对比更悬殊了。宝宝换了一边，又想往前冲，爸爸猛地转过身，如同巨人一般，他揪住宝宝的肩膀，用力一推，清清楚楚地吼道："滚！"

宝宝一屁股跌坐在地上，他不笑了，也不往前冲了，张大嘴巴仰头看着爸爸。从出生之后，宝宝一直被宠爱、被纵容，从未挨过打，也总能得到自己想要的东西，他似乎无法理解这是怎么回事。下一秒，宝宝突然举起两只胖胖的拳头，开始敲自己的脑袋，敲得咚咚作响。

这下轮到爸爸傻了，他也从未见到这样的场景，张大嘴巴看看宝宝，又看看外面，求助一般叫道："这孩子是不是傻了？啊？有毛病啊！"

妈妈终于出现了。"好了好了。"她说着，拉过宝宝的胖拳头。宝宝紧紧瘪住的嘴往外一咧，放声大哭起来。

餐桌边，三个人听着卧室传来的声音。母子俩一个哭得响天动地，另一个在讲道理，只听见隐隐约约的声音传来："妈妈跟你说过……以后……"爸爸心里一阵焦躁，看向面前的红烧肉，今天这一闹，饭都没吃好，他气呼呼地说："这孩子！"

"怪孩子干吗？"奶奶冷冷地说，"孩子是好孩子，就是没教好。"

"啥？"爸爸敏感地抬起头，"咋没教好？哦，跟我小时候一样，不是打就是骂，一通棍棒教育，就教好了？"

这些年，这样的对话已重复了很多次，每当奶奶提出应该对宝宝严格一点，爸爸就会反对，他不希望宝宝和他一样，有一个压抑的童年、强势的母亲。他总说，他现在所有工作问题和性格缺陷，都来源于此……往常说到这里，奶奶就不作声了，可是今天，她却很快地回击道："那你刚才在干吗？"

爸爸的反应远不如母亲快，他抬头想了想，才想到刚才对宝宝那一推，说道："该管的时候也得管！"说完又意识到，这仿佛证明了母亲是对的，又恼羞成怒地说："我的孩子我知道！你别管！"

奶奶不作声了。眼看不会有人再吃饭了，她把剩菜一一端进厨房，又拿出抹布。爷爷蹲在地上，擦掉宝宝碾出的青菜污渍，说道："当时还是应该听我的，待在老家多好，现在房也有了，车也有了，孩子上学也不发愁……"

"哎呀，"爸爸坐在旁边不耐烦地说，"说这些干吗？这不是废话嘛！谁要待在那个地方！"

奶奶很慢地擦着桌子。几年前，爷爷奶奶实在看不下去家里的折叠餐桌、塑料衣柜，去市场买了一套实木家具，其中就有这张胡桃木餐桌。奶奶擦着擦着，坐了下来，说道："我有个想法。"她的声音非常平静，太平静了，把爷爷和爸爸都吓了一跳。奶奶将抹布折了起来，说道："以前的事，确实是我不对，那时候工作太忙，太累，你爸也不在家，我以为管得严些，就是为你好，年轻的时候确实不懂……"

母亲突如其来的道歉，让儿子不自在起来，他换了个坐姿，说道："以前的事，不说了……"

奶奶又说："现在我懂了，我会教了，你们把宝宝交给我，让我带回老家上学，这次我一定能带好……"

没等奶奶说完，爷爷先叫了起来："异想天开！这种没影子的事！别说了！"

爸爸如梦初醒，原来奶奶后面埋着这话！他从刚才的感动中抽离出来，甚至有些生气，举起手断然拒绝："不可能！这说什么都不可能！"

没有人支持她，但是，她还想再争取一次："这么聪明的孩子，记忆力这么好，我每天教他识字、背诗、算算术，你看他背得多好，看一次就记住了……你不要看老家虽然穷，但是学习气氛好得很，你就相信我一次……这么好的孩子……"

仿佛是为了反证，卧室里刚平息下去的哭声又大响特响起来。哭声里夹杂着妈妈的声音："宝宝，你再想想，你今天错了没有？"宝宝哭吼着："妈妈，你给我一个锤子！你给我一个锤子！你打我吧！打死我吧！"妈妈的声音听起来那么无力，又仍然保持着耐心："妈妈没有锤子，妈妈要跟你讲道理……"宝宝大叫着："你去给我找一个！去给我买一个锤子！"妈妈说："好，给你这个。"宝宝又喊道："这个不是！这个不是锤子！我要一个锤子！"

听起来，就连妈妈也无能为力了。小宝也哭了起来，这个不到一岁的孩子，完全不知道发生了什么。

爸爸站了起来，想做些什么，却又不知道该做什么，喃喃道："我怎么生了这么个孩子！是不是有毛病啊！"

"……锤子！……锤子！"宝宝哭不累似的。这荒唐的对话不知该怎么才能收场。

这时，奶奶站了起来，她走进卧室，将宝宝拉了出来。宝宝走得直挺挺的，快要哭晕过去了，手里还拿着一块爷爷用来磨菜刀的灰色砂石，一边哭，一边上气不接下气地说："奶奶，你用这个砸我！"奶奶坐了下来，将宝宝抱在怀里,摇晃着,轻声说:"不哭了啊宝宝,不哭了,奶奶知道,宝宝受委屈了。"

奇怪,年轻时她不懂这些,只觉得烦,只想吼,只想揍孩子,做了奶奶,才好像懂得怎么做母亲,懂得怎么抱孩子,怎么跟孩子说话,怎么轻轻拍着他,安抚他,直到他的声音平息下来。

妈妈回到卧室,继续给小宝喂奶。爷爷去厨房洗碗,拖地。一切终于恢复了原状。

爸爸如释重负一般,站在屋子当中宣布说:"好了,我去加班了。"没有人回应。等了几秒,他弯下腰对宝宝说:"好了宝宝,别哭了,爸爸去赚钱,赚了钱给你买汽车,大汽车,好不好?"

宝宝没有说话,把脸埋进奶奶的怀里,那脸上左一条右一条,都是脏脏的泪痕。

爸爸又大声宣布道:"那我走了啊!"

大门砰地关上了。

宝宝轻声说:"奶奶。"

奶奶说:"你也想出去玩是不是?"

宝宝点点头。

"好,奶奶带你去,"以宝宝的个头,坐在大人怀里已经有些勉强了,奶奶却依旧抱着他,轻拍着他,"好,奶奶爱逛,宝宝也爱逛,真是奶奶的好孩子。"

宝宝是个大脑袋的男孩。出生之后，等眉眼分清楚，妈妈仔细一看，哎呀，像奶奶呀。妈妈性格很好，爷爷奶奶也都是善良温厚的老人，他们相处得很好，但这话还是透出了失望的意思。

宝宝没有遗传妈妈的大眼睛双眼皮，却和奶奶一样，眼睛细细的，算不上顶漂亮的小孩，但是他爱笑，笑起来眼睛弯成两个小豆芽，也是一个可爱的小男孩。

宝宝像奶奶的另外一点，是记忆力很好。奶奶教他认字，背唐诗，他看一遍就能记住。每次坐公交车、坐地铁，奶奶就会教他，宝宝这是多少路啊，是不是6——4——1？我们坐到哪一站啊，是不是东——直——门？就这样，她在路上完成了宝宝的启蒙教育。每当宝宝表演算数、背唐诗的时候，妈妈就会夸他，哇，宝宝真聪明呀，跟着又说，宝宝随奶奶啦。这时奶奶的眼睛也会笑得跟宝宝一样。

哭了这么半天，宝宝的脸红红的，眼睛更细了。但是一上地铁，他就忘记了刚才发生的事情，站在车门下，仰头看着长长的路线图，眼睛眨也不眨："八王坟！……宋家庄！奶奶，这个是不是宋家庄？"旁边的老人都笑起来。"哟！"一个老太太说，"这小孩儿！几岁啦？"宝宝没有回答，脖子一缩，躲到了奶奶腿边。别看他在家里闹得天翻地覆，在外面，却是个地道的胆小鬼。奶奶笑着，尽力用普通话的腔调说："六岁，马上七岁了。"老太太夸张地惊叹道："哟，宝贝六岁啦！能认这么多字儿呢！"奶奶低头看看宝宝，掩饰不住骄傲的表情："这孩子，记忆力可好了！"

宝宝从奶奶的腿后面钻出来，又看向路线图，问道："奶奶，我们要去哪个站啊？""快了，"奶奶不用看，路线图早已记在心里，她说，"到了你就认得了。"

宝宝常跟奶奶坐地铁，这座城市的东南西北都已走遍，这一站他的确认得。放暑假的时候，爷爷奶奶会带他在这里坐火车，回老家过夏天。这时，大半车厢的人、大包小包和行李箱结成一大堆往外冲，奶奶和宝宝被裹在里面，挤了出去。

宝宝一眼看去，周围都是匆匆忙忙的大腿和骨碌骨碌滚动的箱子，好像随时都会把他踩在脚下。他躲在奶奶腿边，头上的顶棚很高很高，高得看也看不见尽头，耳朵边各种各样的声音，电梯声、人声、哨子声，响成一团。

"别挡路啊！"有人推开这祖孙俩。

正在张望出口的奶奶被推得一个趔趄，她急忙站住了，拉过宝宝，朝着那急匆匆的背影轻声道："有话好好说啊！"

宝宝更害怕了，他紧紧抱着奶奶的腿，问道："奶奶，我们要去哪儿啊？"

"乖，出口在那边！"奶奶指着人群的方向说。

交通卡一刷，"滴"，红色闸门向两边打开，奶奶快步通过。站在闸门那边，她一边叫道："宝宝，快来！"一边打开包，准备拿出身份证和宝宝的户口本，前面就是卖票的窗口，她想好了，带宝宝坐最近一班火车，回老家去！不能让宝宝坐牢似的圈在这楼房里，她要带宝宝回去，在田野里，在院子里长大……该玩的时候玩，该学的时候学，让宝宝上最好的大学！这么聪明的孩子！

这个聪明的孩子留在闸门那边，满脸都是害怕。

"冲！"奶奶叫道。

宝宝紧紧盯着打开的闸门，他的恐惧很实际，万一跑到中间，被闸门夹住了怎么办？

时间稍纵即逝。"快冲啊！"奶奶又叫。

宝宝咬了咬蛀黑的乳牙，撒开脚冲过来。就是这么正好，闸门关上了，宝宝结结实实地撞了上去。这一撞想必非常重，宝宝往后一弹，跌坐在地上。

奶奶心里也像被重重地撞了一下，说不出话来。停了一下，她上下看着，又叫道："钻过来！宝宝！钻过来！"

闸门分隔着祖孙俩。六岁的男孩不知所措地坐在地上，瘪着嘴，想哭，又不敢哭，他看看奶奶，又看看闸门，下面太窄了，明显钻不过去。奶奶也慌了，她东张西望，寻找着合适的缝隙，旁边的栏杆能钻吗？能爬吗？她没有想到求助别人，别人也没有想要帮助他们，看见这情形，他们都自动绕了过去，转去其他出口排队。

终于，有人没绕过去。这是一个圆脸的中年女人，她抱起宝宝，刷卡过了闸口。女人放下宝宝，从头到脚看了一眼奶奶，说道："阿姨，你带着孩子要小心啊！"

　　是啊，我咋没想到呢，应该抱着过来，奶奶想着，连声跟女人说谢谢，然后拉起宝宝向售票处走去。得快点，要来不及了。可是，经过这一撞，宝宝也像是明白了什么，他用力拽着奶奶的手，往另一个方向拽去。"我不去！我要回家！"他说。

　　奶奶没想到宝宝的力气这么大，几乎被他拽了回去。她回过头，说道："乖，奶奶是要带你回家啊！"

　　"不！那不是我的家！我要回家！"宝宝大声叫道。

　　这一幕在外人来看实在可疑。中年女人原本就没有走远，边走边回头，观察着祖孙俩，这时立即回来，分开正在拔河的祖孙俩："干吗呢干吗呢？"她再一次从头到脚地看了一眼这外地老太太，外表普通，穿着朴素，神色慌张，看着跟新闻里的人贩子确实有几分相像，而这男孩，大概五六岁，身体健康，正是人贩子最喜欢的类型。她低头问道："孩子，你认识她吗？"

　　奶奶还从来没有遇到过这样的状况，忙道："认识，咋能不认识呢，我是她奶奶，这是我孙子，是不是，啊？宝宝？"

　　宝宝却扭过脸，一声不吭。

　　奶奶知道，宝宝在生她的气，她伸出手，想把宝宝拉过来。

女人却把宝宝往后一拽，问道："你爸爸妈妈呢？"

宝宝眼睛一转，仍鼓着嘴不说话。

"这孩子！"奶奶也生气了，"宝宝，过来！"她又要伸手，却被女人一把抓住。

"人贩子！这儿有人贩子！"女人叫道，"报警！快报警！"

这下奶奶是真的慌了，什么？人贩子？报警？奶奶一辈子遵纪守法，怎么还要报警？她想挣脱女人，却被紧紧拖住。人群迅速围了过来，火车站是人流量极大的地方，最不缺看热闹的人。女人向大家解释着自己的发现，听见"人贩子"这几个字，人们立刻躁动起来。

"我不是！"奶奶感受到从来没有过的害怕，她还没见过，不，小时候她也曾见过这样的场面，但她从来不是围攻的对象，这让奶奶更害怕了。"我有身份证！户口簿！我是他奶奶！"但是没人听得懂她的方言，不仅如此，方言让她看上去更加可疑。

"抓起来！"乱哄哄的人群中，有人叫道。又有人说："对！抓起来！枪毙！""枪毙一百次都不为过！""千刀万剐！""太可恨了！"人们纷纷说着，恨不得立刻就要扑过来执行。"等一下等一下，大家先不要急，"女人维持着秩序，"我们等警察过来！"

奶奶突然想到一件事，宝宝在哪儿？她四下张望着，万一宝宝真丢了，那她可是真的犯下大错了！没脸见任何人了！她拼尽全力挣脱女人的胳膊："我孙子呢？你把我孙子呢？"却有无数胳膊伸出来："抓住她！""别让她跑了！"……

完了，奶奶被人群结结实实地包围了，有人反扣住她的双手："让你跑！让你跑！"奶奶挣扎着，手腕和卷起的肩膀一阵疼痛，她叫道："宝宝！宝宝！"声音却已非常虚弱。

这时，一个稚嫩而尖厉的声音穿透所有的喧闹："奶奶！"肉球一样的小男孩挤开一堆大腿，冲了过来："奶奶！别碰我奶奶！"

经过这一闹，火车已经开走了。即使没开，奶奶大概也不会再买票了。警察把身份证和户口簿还给她，跟众人说："散了，散了。"女人离开时似乎有些歉意，又跟宝宝说："孩子，回家找爸妈啊！"

火车站还是那么热闹，没有人再看向祖孙俩，像刚才那一幕完全没有发生过一样。奶奶坐在冰冷的金属椅上，看着来来往往的陌生人。曾经她是多么渴望来到这座城市啊！中学时，她和同学们去串联，用现在年轻人的话来说，是徒步，每天走二十公里，走了一个月，再有两天就到这里，却被遣返了。后来，她做了一名光荣的工人，但她还想读书，想上大学。终于，大学来招生了，她笔试第一，面试时老师说，这姑娘真聪明！可是录取通知书一直没来，后来才知道，厂长不肯放她。我们培养一个好车工容易吗！厂长说。她气得一个礼拜没去上班，回到插队时的农村，正是农忙时，她每天浇水、拔草、喂猪……结结实实忙了一个礼拜，最后还是回到工厂，继续做一名光荣的工人。没多久，就有人介绍对象，她做了妻子，做了妈妈，又做了奶奶。生活不能说不幸福，只是十年前她来到这座城市，特地去了那所大学，看到一群女大学生经过，她站在原地看了好久。她是如此要强，总觉得只要努力，没什么做不到的事，就算老了，她也可以学习弹筝，可以自学英语，读懂莎士比亚的十四行诗，可是总有一些时候让她明白，终归有一些更大的力量在身后。今天她似乎又有了那种认命的感觉。下一代的命运，就让他们自己去承担吧，奶奶已无能为力了。

"奶奶。"宝宝拉着她的手叫道。

"你饿了？"奶奶问。

宝宝点点头。

奶奶从背包里拿出一个塑料袋，里面是早上烙的饼。

闹了这一整天，宝宝是真的饿了，他大口吃着饼，又学着爷爷的样子，一只手接在下面，不让渣子掉在地上。这么可爱的孩子，聪明的孩子，他已经慢慢长出自己的意志，大人的话，他也都听得懂了。

一老一小牵着手，向地铁站走去。宝宝又叫："奶奶。"

奶奶应道："哎。"

"我想骑我的滑板车。"

"好，明天奶奶带你去公园。"

"奶奶。"

"嗯。"

"给我买个奶糖吧。"

奶奶好像从梦里醒来一样，厉声说道："不行！"

我去 2000 年

1

在一个清晨的十字路口，多丽迈步走上斑马线。这是属于中年职场人士的步子，走得优雅、富有弹性，又目标明确——目标就是马路对面的宇宙大学，她的母校。路口辽阔，斑马线很长，长得有些不可思议，她似乎已走了很久，还只走到一半。带着点不耐烦的意思，多丽微微扬起下颌，目光掠过四周。这是一条深灰色的十车道马路，几步之外，笔直的白色线条压住蓄势待发的汽车，最普通、最日常的城市街景罢了。多丽收回目光，继续前行，却突然又停住了脚步。这一次，她像是想到了什么，眼前街景仿佛变成海市蜃楼微微浮动：是这里吗？是吗？

"走啊！"有人急匆匆地擦过，丢下一句抱怨。身边的人们像被风刮过的塑料袋一样纷纷扬起。多丽往前一看，绿色小人已进入最后的倒计时，10、9、8……shit，她顾不上再想，跟着跑起来，越跑越快，终于抢在最后一秒拉住电线杆，踩上人行道。她大口喘着气，心怦怦直跳，早上精心理顺、一丝不乱的长发都糊到了脸上，有几根还吃进嘴里。多丽已许久不曾这么狼狈了，她将头发从嘴里拉出来，心有余悸地回头看向马路。这时一辆汽车飞驰而过，吐出一大口尾气，被正在换气的她，一粒不剩地吸了进去。

多丽目瞪口呆，看着那辆白色汽车消失在车流之中。车流已汹涌如暴雨中的山洪，空气中满是灰尘和废气的颗粒。她呆在原地，吸也不是，呼也不是，只觉自己从里脏到了外。过了几秒，才打开呼吸道。妈的，还是应该开车来的，她想，我真是鬼迷了心窍，居然想靠公交车、靠走路一步步回到学校，回到过去，真是太傻太天真，也不想想，二十年，世界都变成啥样了……天哪，二十年，她又想，能相信吗，毕业都二十年了？

她再次看向街景，这次不是海市蜃楼，那灰色水泥、汹涌车流是真实的，确定的，只是在那之下埋葬着另一个世界，而她用目光，深深地挖掘着这个考古现场。好一会儿，她才收回目光，下了决心一般，回头向校门走去。

这是学校东门，早就换成一排崭新的金属栅栏，银质假牙似的闪闪发亮。对此她并不陌生。几年前，她受系学生会之邀做招聘宣讲会，题目是"大数据时代的企业管理"。"师姐，您开车吗？"负责接待的学生干部在微信里说，"我帮您登记车牌号。"于是她开着新买的特斯拉直达校门，不用下车，大门认识她，吱扭吱扭缩到一边。她手指轻敲方向盘，静静等待着，想起很多年前，这里只是两扇铁门嵌在矮墙里，人可以随便地溜出去，溜进来。学校变了，她想着，有些伤感，更多的却是愉悦。车里音乐不停，有淡淡的香氛混合着崭新皮质内饰的味道。门退开了，她轻踩踏板，从容驶进校园。那一刻，是她觉得那辆车买得最值的时候。

这时，靠着双脚站立，她才真正意识到校门的变化。栅栏如此之长，围墙也加高了，人裸露在一边，被衬得卑微，灰暗，不知所措。

"哎！哎！"一个保安远远吆喝道，"上那边去！"

她茫然地四下看看，问道："哪儿？"

保安似乎懒得再说，手臂往一个方向甩了甩。原来，栅栏边还有一扇小门，步行入校的人已经在那里排起了长队。

不合理，这不合理，多丽跟在队伍后面缓缓移动，心想，这么多人挤在这里，万一出事怎么办？她忍不住站在管理者的角度，思考起最佳的解决方案，应该多开几个门，或者，简化一下入门程序？这样太愚蠢、太没有效率了，这可是中国最好的大学啊……四周都是年轻的面孔，一边低头刷手机，一边随着队伍往前挪。现在的年轻人，都不爱说话，这种沉默的感觉让多丽想到自己的女儿。前一天晚上，她拿着洗好的衣服去女儿房间，一边叠，一边装作不经意地问，宝宝，你干吗呢？女儿正值青春期，拒绝跟她交流，只翻了一个白眼作为回答。那啥，她叠好衣服，说道，妈妈明天去同学聚会，周日就回来，啊？女儿没有作声，拿出耳机套在头上。多丽已放好衣服，没有借口，只能起身离开了，临出门前，她又不甘心地说，在奶奶家听话一点啊，别欺负弟弟，啊？听到没？宝宝？

跟着队伍往前蹭的时候，多丽突然意识到那时女儿眼里闪过的，是一抹喜色。爸爸一定会带女儿打游戏，她明白了，一瞬间，女儿的成绩、儿子的视力、孩子的学校……一大堆事情翻涌过来，她心里烦躁不已，受够了，她再也不想管了！谁爱管谁管！却又拿出手机，按住语音键："哎，老马，你跟咱妈说，菜别太油腻，叫外卖可以，但不要吃垃圾食品，要保证蔬菜和蛋白质，知道了没？明天我就回来……"

四周环境异常嘈杂，从马路上传来车轮摩擦地面的声音、喇叭声，身边有游戏音效、短视频的声音，在这嘈杂声中，突然一声吆喝从头顶降下："哎，你站住！"

她抬起头，发现声音来自高台上的保安，而他手指的方向正是自己。"你是干吗的？"保安问。

多丽几乎要脱口而出："你管得着吗？"这二十年，她已做到公司管理层，事业有成，家庭美满，平时怎么看都是成功人士，哪里受得了这气？但她还是咽下了这句话，有些时候，总归有些时候，忍耐才是最好的选择。除此之外，她也有些心虚：在一群学生当中，她被指认了出来，自己真的不再年轻吗？公司里果然是一群马屁精啊！还是说，她已经不像宇大的一员了？很多念头同时浮出，让她一时呆住了。

这时，她又听见保安说："参观校园要预约！"

多丽从手机里调出预约码。她没有说话，将手机扬起，眼角冷冷地扫过保安，试图表现自己的体面和轻蔑，但就在扫过的瞬间，她看到一张怒气冲冲、有着挺秀鼻梁的年轻面孔。她突然想起，二十年前，门口也是一个这样的保安，靠在铁门边，懒懒散散，和面前这个紧张暴躁的年轻人很不一样，但看起来一样稚气，就像来自周边村里的辍学男孩。这算是一样的空间吗？一样的人吗？——神婆说，时空游戏，最重要的是找到入口，入口怎么找呢？首先，找到和当年一样的空间，一样的人，然后，说出和当年一样的语言。校门口、保安，也许就是一样的空间和人，那么，该说什么呢？一样的语言？当时她半信半疑，这就可以了？ 神婆说，你可别小看语言，其实生活里很多话都是咒语，你仔细想想就知道了。真的！她的脑子瞬间亮了，确实，有那么一些话，只要一出口，别人的态度立刻就变了，好像真有魔力一样。

刷码机嘀了一声。保安又说："身份证！"

她心里想着自己生活中最有魔力的一句话。那是宇宙大学的毕业生一生都无法摆脱的咒语，无论是电子信箱后缀、社交媒体 ID、PPT 上的自我介绍，还是遇到陌生人……任何场合，只要经意或是不经意地说出这句话，总能引发神奇的效果。"我是宇大毕业的！"她说。

没有发生任何变化。保安奇怪地看了她一眼，说："那就校友证！"

没关系，还有第二句。她心里升起一股强烈的冲动，仿佛想要跟保安、跟身旁的年轻人证明自己有充分的资格进入学校，而不是随便混进来的什么人，这种自我辩解的冲动让她差点结巴起来。"我，我本科就是！"她说。

保安似乎失去了耐心，厉声叫道："快点！"顺着他紧张的眼神，她回头看去，随着下一轮红绿灯转换，后面来了一堆送外卖的小哥。

2

多丽是在一次桌游中认识的神婆。那个剧本号称超级烧脑，可是进行到一半，多丽就猜出了谜底。就像往常一样，她装作什么都不知道，一会儿帮这个人参谋，一会儿指认那个人是凶手，把现场搅得十分热闹。一礼拜就这么一个放风的机会，她一定要尽情享受，绝不浪费。结束后，所有人七嘴八舌地复盘剧情，她却感觉到一阵空虚，这有什么可复盘的呢？原本就不合逻辑。突然，她意识到自己叹了一口气，赶忙四下看看。还好，没有人注意到，只有一个人看着她微微一笑，像是明白她的心思。多丽记得，那是游戏中的女巫。什么女巫，我看是神婆吧，当时多丽说。大家哈哈笑起来。神婆就神婆，那人也是这样抿着嘴微微一笑，回道，谁身边还没个神婆了？离开了游戏，多丽有些不好意思起来，也笑了笑。这时她注意到，满桌之中，只有她俩是独自前来的，也似乎只有她们，不属于年轻人行列了。

从那之后，周末她们会一起去玩桌游、密室。对于市面上的新游戏，神婆比她更了解，悬疑、穿越、国风、情感……什么种类都懂。上个礼拜，神婆带她去了一个游戏城，整整一天，她们在一万年里穿来穿去，去了各类古代文明，什么古埃及、阿兹特克王国、古罗马、中世纪、宋朝……破解了几十个密码，见了十多具骷髅、棺材，再出来时，天已黑了。两个人瘫坐在一楼的咖啡馆，半天没有说话。一天的兴奋转变成深深的倦怠，不，也许在第一具骷髅出现的时候，倦怠就已悄悄升起。其实，没什么意思，这时她自言自语一般说道。神婆飞快地看了她一眼。多丽意识到自己扫兴了，忙说，也不是，还是挺好玩的。哈哈，神婆笑道，她并没有生气，又说，可能你更适合情感类的。是吗？多丽说，她的声音懒洋洋的，听起来完全没有兴致，出神了一会儿，她又说，可能再也没有游戏能吸引我了，再也不会有一开始那种新鲜、刺激的感觉了。你是不是觉得，神婆说，其实最好玩的还是现实生活？现实生活？多丽的脑中突然吵闹起来，领导要砍预算，下属还不交活，锅又要她背了，儿子永远在喊妈妈，女儿永远在翻白眼，老师又来消息了，母亲住院了，父亲又在网上买了高价保健品……她翻了一个白眼，说道，现实生活好玩的话，谁还来玩游戏？神婆抿着嘴，旋即绽开一个微笑，眼睛却不笑，仿佛在想着什么。她说，现实生活也有很多种，比如过去，也属于现实。多丽这下听懂了，问道，是有什么新的游戏吗？

于是神婆讲起他们公司新出的时空游戏——《三一律》，或者叫《时空旅人》，还在内测阶段，没有正式推出，所以名字没最后确定，不过这不重要，重要的是游戏规则很简单：只要找到一样的空间、一样的人、一样的语言，就可以回到指定的过去，度过二十四个小时。就好像，神婆抬头看着暗红色的城市夜空，说道，就好像宇宙的后台已经把一切时空备份，你只要满足这三个条件，拼上了图中的三个缺口，完美嵌入，时空就打开了。

真有这种事？多丽瞪大眼睛看着神婆。她早就听说好多公司都在研发时空游戏，没想到真的出现了。

你都不知道现代科技已经发展到什么程度了，神婆说，只要你能想到的，都能实现。

这个确实，多丽点点头，渐渐觉得有些可信了。

如果是你，你最想回到什么时候？神婆问。

多丽早就想好了，事实上，她一直都在等待这样的时刻。回到大学校园，回到二十年前，自己还拥有无限可能的时候。

校园里，自行车仍然失控地遍地流淌，像汤煮沸了溢出灶台，不过区别在于，现在都是色彩鲜艳的共享单车。路上的学生营养良好，穿着讲究，女孩脸上化着精致的韩式妆容，衣服和包上不时看到名牌 logo。变化太大了，多丽想起当年收到入学通知书之后，姑姑送了她一瓶黄瓜洗面奶，她打入包中，到学校后才打开，放在洗漱架上。同学说，哇，你竟然用洗面奶！原来对于全宿舍同学来说，这都是第一瓶洗面奶，在那之前，大家用什么洗脸呢？香皂。当然，这一切非常快地改变了。

二十年啊，可以发生很多事了，她想，如果一毕业就生孩子，现在也上大学了。这个画面把她吓了一跳，随即她又想，不，女儿一定上不了宇大。这时她自己都没有意识到，她的眼神黯淡了一些。

多丽抬起头，校园崭新又陌生，她这才明白《三一律》的难度。她原以为游戏很简单，找到一样的空间——回到学校不就可以了吗？可是身处其间她才发现，空间都已经变了。

对这些变化，她并非一无所知。上次来时正是夏天，她印象里学校的酷暑非常难熬，只能靠吃西瓜、用冷水洗脸来降温，夜里迟迟不肯回宿舍，在校园夜游，到处可以闻到西瓜皮腐烂的味道，为此，她做足了心理准备，还带上真丝手帕用来擦汗，但是她没想到，教室里十分凉爽。多丽张望着墙角和天花板悬挂的机器，惊讶地问，现在教室里都有空调了吗？负责接待的男生说，是啊师姐，都有。他好奇的样子仿佛在说，怎么？你们那时候没有吗？男生又补了一句，宿舍里也有。她还没来得及说什么，一个女生突然问，师姐，听说你们当年要很多人一起洗澡，这是真的吗？原本都低头对着笔记本电脑的男孩女孩突然都抬起了头，在各种款式的眼镜后面，有好奇，不可思议，也有即将把上一代人取而代之的傲气。这种眼神她并不陌生，在单位年轻人的脸上，她常常看到这种神情，也许这些学生就是下一批，说到底，争取去她所在的公司实习，不就是他们邀请她的原因吗？她有点受不了这样的眼神，于是走上讲台，打开PPT，微笑着，又不容置疑地说，同学们，那是前互联网时代，并不是新石器时代啊。学生们也笑了，眼神回到电脑上。讲座开始了。

是的，她并非不知道，但是只有带着寻找的眼睛，她才会发现，变化有多么剧烈。这二十年，是大拆大建的二十年。如果单从建筑来说，这已是一所新学校了，教学楼是新的，宿舍楼是新的，图书馆是新的，系办公室是新的，食堂是新的，连门禁也是新的……这已经不是她读书时的宇大了。

还好，她早有心理准备，因为，默湖总不会变吧？

离开乱哄哄的教学区，岔入一条小路，下几级台阶，再穿过一片小树林，眼前豁然开朗。这是一面开阔、宁静的湖水，沿岸柳树新发的细叶，为湖水笼上一抹轻绿色的烟尘，绿烟、灰色古塔、白色石舫，一同倒入湖中，在水波里斑斓地摇荡。

整个早上，从靠近宇大以来，多丽的精神一直紧绷着，灰尘和噪音无所不在，陌生与警戒随时袭来，突然之间，这些都消失了，眼前的景色和多丽记忆中一模一样，不，甚至更美。世界是这么安静，天空竟然蓝得这么彻底、广阔，让人晕眩。多丽深深地吸了一口气，心里放松下来。只要默湖还在，母校就还在啊。

美中不足的是，原本往西北望去，可以看见远山，这时却被一幢玻璃幕墙大楼挡住了，那是新建的高新科技园区，多丽他们公司明年很有可能会搬去那里。也好，她想，就把它作为时空参照物吧。

好，现在空间确定了，那么，人和语言呢？多丽拿出手机，打开相册。几天前，她翻出大学时的笔记，发现在宏观经济学、微观经济学、管理学等等一大堆数学和英文笔记中，竟有一大本手抄的诗词。天哪，她在心里惊叫，我还有这么文艺的时候！没错，她想起来了，刚入学时，她不喜欢自己的专业，每次下课都会带着这本笔记去湖边，坐在柳树下读诗词。也可能是因为高中时她就常常这样，只是习惯而已，但是后来课业太重，也就渐渐不来了。不管怎么样，这个画面一旦浮现，就越来越清晰——在默湖边寂寞读诗的自己，她带着一点羞耻感，又渴望着重现这个画面。

如果有人正好在默湖边，一定会觉得很奇怪：一个神色可疑的中年女人，躲在柳树下念念有词，念一会儿，抬头看一眼，再换一棵树，又抬头看一眼。不，也许并不奇怪，因为宇大的怪人向来很多。而多丽读着读着，也忘记了一开始的尴尬和羞耻。问题是，玻璃大楼还在，她仍然看不见西山，好像不对，是诗歌不对吗？还是树不对？她翻着手机里的笔记照片，这些诗里总有一个思念的女人，被抛弃的女人，待在家里痴痴等待的女人。也许这就是问题，这些诗太古老了，她想。

多丽已走到默湖的北边，这里栽种的不是柳树，而是一排低矮的海棠。笔记本上有两句现代诗，似乎非常适合此情此景：

　　　垒起一年中读过的书，
　　　比默湖边的一棵小树还要高。

真是平平无奇的句子，当时却令她非常震撼，她记得，看到这首诗后她特地跑到湖边测量树的高度，再换算成书的数量，然后在心里惊叹：Enough！我要离开校园，去赚钱，我不想再住集体宿舍了，我要有自己的房间！……

玻璃大楼已转到身后，她回头看去，绿树之上升起了太阳，晃得她睁不开眼，恍惚间，大楼似乎消失了，她几乎要惊叫起来，但是下一秒她就明白，那只是玻璃幕墙的反射而已。

海棠花开了，团团的粉紫色，一朵挨着一朵，春天已经来临。很快默湖就会喧闹起来。一个上午，她将许多诗歌丢进了湖水，却什么都没有发生。她甚至有些想念那些无聊的室内游戏了。这游戏真是难以捉摸啊，到底是哪里出了问题呢？

如果不是诗歌和柳树的问题，那么，是人？她不是没想过，比如她记起刚入学的时候，宿舍里六个人心血来潮，一起去湖边晨跑，跑着跑着就迷路了，眼看要到上课时间，她们争吵起来。我们走错了，不是这条路，一个说。另一个说，没错，就是这条，再跑一段就到了。第一个说，不对，不是这条。第二个坚持说，没错，就是这条。第三个说，到底是哪条？第四个说，天哪，我跑不动了。第一个人又说，我不管，我要走那边。又是谁说，不不，我们最好不要分开，一起行动……她不是没有想过去找室友，可是如今六个人分在天南海北，总不能一起来湖边晨跑吧？除了她们，还有谁能和她一起来？她要找的那个人，又在哪里呢？

身后传来什么声音。

她回过头，看见一个胖胖的保安，像鸭子一样颠了过来："哎！哎！你是干什么的？"

她觉得奇怪，怎么校园里有这么多保安。"你又是干什么的？"她说。

"我？"保安带着浓重的口音，胳膊画了一大圈，显得相当骄傲，"我跟你说，这、这片都归我管！"

她被逗笑了："咋了？默湖都能承包了？"

保安没有理她的笑话，指指旁边的蓝色牌子，上面写着：禁止游泳，禁止垂钓，小心落水。"看见没？往后站！"保安说。

多丽非但没有后退，反而往前一步，向下看去。去掉回忆的滤镜，原来湖水并不清澈，而是呈浑浊的灰色，看不清有多深，也看不清湖底是否真的像校园民谣里唱的一样，长满水草、鱼儿和灵魂。她恍然想，自己似乎从未想过它为什么叫作默湖，它只是自然而然，就这样存在了。

"哎！哎！"保安的声音气急败坏起来，"你这女子咋不听话呢，让你往后站！往后站！"

她回头看到保安，灰色的制服显得很紧，脸晒得黑红，帽檐下灰白的头发浸湿了汗水，仿佛刚从农田回来。多丽突然想，学校里之所以出现这么多保安，莫非都是NPC？按照《三一律》的第二条，"一样的人"，不可能是指自己，所以独自一人在树下读诗，就完全错了，独语无法回到过去，"人"一定是指另一个人。她需要在这个空间找到一个自己曾经交谈过的人，来帮她擦亮记忆。

"哎，师傅，"她大声问道，"你来宇大多长时间了？"

保安脚步往后一收，目露怀疑："你问这干吗？你是干吗的？"

她继续热切地问："那啥，2000 年的时候，你在宇大吗？"

"2000 年？"保安重复着，带着浓重的中原口音。

"对，就是二十年前！"

"二十年前我管不着，反正现在，这片都归我管！"保安又骄傲地画了一大圈。

也对，她想，保安也许只是保安而已，纯粹的保安，而宇大不再是她的宇大了。

"你这女子，"保安看起来又恼又发愁，"一会儿领导来了……"

"稍等啊师傅，我还有最后一句话。"她转过身，对着灰色的湖水——也许二十年前她说过这句话，也许没有，但不管怎样——大喊道：

"宇大！你去死吧！"

想了想，她又喊道：

"但我还是爱你！他妈的！"

没等保安过来驱赶，她就跑开了。余光里，蓝色的玻璃大楼看起来更像一面湖水。

3

大四那年，所有课都上完了，多丽突然发现，原来学校这么大，除了教室、图书馆，还有许许多多的角落，除了老师同学，也还有许许多多的人。校内还没建起电影院，但到处都在放电影。在新开的影音厅，她和同学去看《泰坦尼克号》，分辨率很低的投影仪在白色幕布上投下边缘朦胧的人、冰山与海洋，但莱昂纳多·迪卡普里奥蓝色的眼睛和那缕迷离的金发却是那么清晰，那么迷人。好——感动哦，散场后一个女生捧着心口说，我也想有这样的爱情！哦，杰克！哦，罗斯！另一个女生大笑，是Jack！Rose！什么杰克，螺丝！那也是她第一次看到电影字幕，同学们都美其名曰：看电影学英语。而录像室放的，则是香港电影，她曾在那里连看两部《东方不败》，看得面红心跳，还剩最后十分钟，同学催她，快走，11 点了，宿舍楼要锁门了！那天晚上，她就这样脸热热地上了床，很久没睡着，直到现在，多丽都不知道王祖贤演的那个角色死了没有。又过几天，多丽晚上回宿舍时，看到所有房间像往常一样洞开，洒出一片白炽灯光，唯有隔壁宿舍紧闭房门，气窗里黑黑的，仔细一看，又有一点幽蓝。她好奇地敲敲门，却没人开门，只听见叽叽咕咕的笑声。别开别开，似乎有人小声说。一个同学从水房回来，经过她身后，同样鬼祟地说，你知道她们在干什么吗？在干吗？她问。同学神秘地笑了一声，看黄片呢！说完，缩着脖子走了。那晚，多丽在水房和宿舍之间多走了几趟，终于逮到隔壁宿舍开门。原来她们六个女生，用租来的电脑插上租来的VCD看《本能》。怎么样怎么样？她问。嗨！一个同学嗓门很大地说，也就那样！

也是在那年，她看到了另外一些电影。

有一天，她在小广场的海报栏上看到一张放映预告，没有设计、没有图案，只是一张简陋的A4纸，印着：周三，电教室，放映《蓝色》。周三那天，电教室果然坐得满满当当。一个女生走上讲台，代表电影协会欢迎大家，然后宣布："下面让我们欢迎老师为大家做导映！"

稀稀拉拉的掌声中，一位戴眼镜的男老师走上讲台，坐了下来。他讲了什么，多丽实在想不起来了，只记得自己当时很纳闷，看电影这么有趣的事，这位老师竟能讲得这么无聊。更何况，他是个年轻人啊！可是他的声音、语言、他看着笔记本说话的样子，像是泡了很久的一缸酱菜，一股腐烂的味道充斥教室。多丽坐在座位上，忍耐着，等这个枯燥又黏稠的声音结束。

忍耐，多丽想，这种忍耐是如此自然，从小到大，她早已习惯了有一个人坐在台上，无论是老师，还是校长、教导主任，总有一个单调的声音，说些无聊的事情，她不想听——谁会想听？可是必须得听着，或是假装听着，于是她和同学传纸条，传零食，在笔记本上画猫，画狗，默写诗词……有手机之后，走神就更简单了。走神，她想，对对，多么准确，就是心神走了，离开这具肉身，让自己变得麻木、空洞、身心分离，熬过这样的时刻，只有这样……所以，那时她根本没听到老师在讲什么，只是混混沌沌、想七想八地忍耐着。想必其他同学也是如此。但忍耐也是有限度的，老师不知讲了多久，教室里渐渐出现躁动的耳语声。老师像什么都没有听见，照旧念着。于是嗡嗡的声音四起，充满了整间教室。老师嗡嗡，学生也嗡嗡，就在这一片嗡嗡声中，突然响起一个浓重的南方口音："不要讲了！我们要看电影！"

多丽往说话的方向看去，那是一个皮肤黝黑、颇为帅气的男生，留着文艺男青年最喜欢的中分长发。

不用说，嗡嗡声消失了，耳语的同学不再出声，原本低头的同学也抬起了头。大家都看向老师，老师呆住了，脸上慢慢涨出了红色。这时的无措倒让他显得真实起来。在厚厚的镜片后面，老师的眼睛快速扫了一眼男生的方向，又低下了头。

主持的女生说话了，她的声音听起来很气愤："安静一下！让老师讲完好吗？"

其实教室已经非常安静，因此尽管男生的声音不大，却很清楚："有什么好讲的？这些白痴都知道。"依旧是浓重的鼻音，露着一些讥诮。周围又起了一阵嗡嗡声，不过这次还夹杂着低低的笑声。大家看看男生，看看老师，再看看男生，再看看老师，像在等待什么。她突然觉得，好像应该说点什么。"对啊！放电影吧！我们要看电影！"她也叫道。在嘈杂中，她希望他听到了自己的声音。

老师低头看着笔记本，等大家渐渐感觉无聊，教室安静下来，继续念着不知什么。也许，多丽想，他才是那个最会忍耐的人。不过这次，老师没讲太久，匆匆几句就走下了讲台。全场熄灯，电影开始了。她记得，那真是一部美丽的电影。

几天后，路过小广场的时候，她突然站住了。他也停下自行车，一脚支在地上。多丽说："哎……"

他还是那个浓重的南方口音："对啊，是我。"

她平时的生活很单纯，在宿舍楼、教学楼、图书馆之间往返，很少和男生来往，连男生宿舍都没去过。可是不知道为什么，她很想跟他讲话。到底讲了什么，她记得不太确切了，也许就是说那天你讲得很好啊。他的回答，她却记得很清楚。"你听到他讲什么了吗？"他跨在自行车上，并不看她，只是看着车轮前的一小块地方，"他讲的都是废话，什么电影最重要的意象是蓝色，这不是废话吗？白——痴！我来看电影，又不是来听白痴废话的。"

她简直要迷上他的口音，"是"读成"四"，"什么"变成"思默"，拉得长长的"白呲"，再加上浓浓的鼻音、缓慢的语速，让他即使想要装酷，想要做出不屑的样子，也显得有些羞涩，而没有那种后来人们称为"油腻"的样子。"你居然还听？"她不肯示弱地斗着嘴，"我根本都没在听！"

他微微歪着脑袋，轻轻哼了一声，却又没有跟她继续斗嘴。

然后有一阵，他们谁都不说话，却都没离开。

他又开口了："你看过《情书》吗？"

"那个电影吗？"她问。

"嗯。"他抬头瞟了她一眼，又低下头，看着车轮前的空地。

那部日本电影，她当然看过了，就在影音厅看的。说实话，日后想起来，故事情节真有点莫名其妙，一会儿两个人同名同姓，一会儿又两个人长得一模一样，怎么会有这么多的巧合？讲都讲不清楚。但奇怪的是，当年她就是很喜欢。穿黑色学生装的美少年，忧郁的眼睛，女孩骑着单车，冬日阳光洒在她挑染过的短发上——她一直很想拥有这样的发型，那些漂亮的镜头让她几乎屏住呼吸。不只看过，她连看两遍，还买了VCD，寒假回家时放给全家人看。可是，看了不到十分钟，亲戚们就支起了牌桌。没轮到上桌的小婶陪她在麻将声、嗑瓜子声中看完了电影。怎么样怎么样？她期待地看着小婶。小婶皱着眉头说，也就你们学生娃……多丽心里发誓，以后再也不做这种傻事了。

"看过啊。"那时她回答说。

他拧着车把，使车子形成一个角度，似乎是把她包围了起来："他们都说我像那个。"

"谁？"她好奇地看着他，脑中出现了那个穿黑色学生装的美少年，"柏原崇吗？"

"对啊。"他分不清是有些害羞，还是有些得意，一只手拢起散在脸颊边的长发，让她可以仔细地看他，又松开，将头发洒下来。

"好像是有一点哦，"她目不转睛地看着他，又说，"可是，哪有这么黑的柏原崇？"说完，她大笑起来。

他和她一起笑着，似乎并不觉得生气，不仅如此，还撩起刘海，亮出自己的发际线："而且还秃头。"

她更加响亮地笑起来，笑完之后说："对了，我叫多丽。"

"我叫阿原。"他说。

"柏原崇的原吗？"她问。

他点点头。

"原来是阿原崇，不是柏原崇啊。"就像那个年纪的女孩一样，她没完没了地取笑着男孩，自己也没完没了地笑，笑着，又紧张地观察着。

他并不生气，也不反驳，习惯了似的，也无声地笑。

然后，她问出那个一直想问的问题："对了，你是哪个系的？"

"我不是宇大的。"阿原语气相当自然地说。

"哦?"她有些意外,却又不十分意外。阿原的气质和宇大的男生的确不太一样,具体怎么不一样呢,她也说不上来。"那你是哪个学校的?"她问。

"我是艺术大学的。"阿原说。

难怪哦,她想,难怪那天放映会上,他会那么有底气,成为嗡嗡声里第一个抗议的人,也许他早就看过那部电影了,对,应该是这样。可是,她又想,既然这样,那他为什么还要来宇大看呢?

像是猜到了她在想什么,他用很重的鼻音回答说:"我经常来宇大玩。"

她还是第一次听到有人把宇大和"玩"这个字联系起来,这种感觉让她觉得很新鲜。"玩什么?去哪里玩?"她学着他的口音,"玩",一点都没有儿化音,"下次我们一起玩吧。"

他点点头,仍旧看着车轮前那一小块地方,问道:"你去过东门外面吗?"

4

"好的。"多丽打开手机,看到老公的消息。

老公在干吗呢?不用想,大概率在健身。一到周末,老公就去健身房报到,再去球场,再去钓鱼,晚饭前才高高兴兴地回来。一开始,她会跟他吵架,要求他待在家里，分担家务。家务？他说，有啥家务可干啊，不就几分钟的事儿吗？有时候，吵得凶了，他也会留下来，但是那一整天，他只会窝在沙发上打游戏，更加让人心烦。慢慢地，她也就放弃了，与其生气，与其手把手教他干活，还不如自己干了。不就是洗衣服做饭吗，不就是晚上哄小孩睡觉吗，不就是辅导女儿的作业吗……好在有母亲和婆婆轮流帮忙，也就渐渐熬过来了。

　　她和老公是相亲认识的，她看重他的稳定与好脾气，是个结婚的好对象。第一次有这样的念头，还是多丽带他去宇大玩。那时候她像回到故乡，一一介绍学校的各处景致，兴致勃勃。喏，这个院子里有一架紫藤，特别美，她往一个方向指去。就在这时，一辆自行车疾驰而过，重重撞开她伸出的手臂。多丽吓了一跳，回头远远看到一个女生的背影。哎！她大叫一声，还来不及说什么，自行车就消失在拐弯处。这时，她听见他在身边轻松地说，放心吧。什么？她问。他说，这样风风火火的女生是嫁不出去的。多丽笑了。毫无疑问，这句话里暗含着对自己的肯定，她是嫁得出去的，对吧。他的态度让她觉得很安定，可靠，似乎对于建立什么样的家庭，成为什么样的丈夫，想要什么样的妻子，他早就有了想法。

　　这么多年过去，身边很多夫妻都已经离了。和他们相比，多丽的婚姻算很好了。老公仍是那么稳定，收入稳定，情绪稳定，除了健身，没有什么不良嗜好，还能挑剔什么呢？只是多丽常常觉得说不出的寂寞，于是她主动加入了单位里年轻人的聚会。为了拉近和她们的距离，多丽嫌弃地谈起老公，他这个人我特别不能理解，他就怎么那么爱健身？健身房里到底有啥？几个年轻同事交换了一下眼神，一个比较冒失的开口道，他不会是 gay 吧？多丽愣了一下，大笑起来，怎么可能！她也看过很多 bl 文，说实话，实在无法把其中的美少年和老公对上号。不，不可能，是倒好了！多丽笑着，努力想表现得洒脱，却又看到同事们交换着眼神。那，冒失的那个又说，他不是出轨了吧？多丽立即说，不可能，那更不可能了。眼见对话变得尴尬，一个女孩突然说，反正我是不会结婚的。为什么啊？多丽还是第一次听见这么坚决的宣言，惊讶地问道，你们都是这么想的吗？多累啊，另一个女孩说，我连恋爱都不想谈。多丽突然想到在宇大被撞时老公在她耳边说的话，不由自主地说，那是你没找对人，找对了人，还是很幸福的。女孩们再次交换着眼神，不说话了。多丽不喜欢这种感觉，仿佛她们已联合起来，将她拒之门外。这时候，除了买单，她还能再说什么呢？

　　的确，她想，不是身体，不是那次辅导完女儿的作业、哄睡儿子再熬夜写报告，结果在淋浴房昏倒，也不是同龄人猝死的消息纷纷传来，不是这些，而是下一代的眼神，让你觉得自己老了。寂寞变得更深，在她毫无章法、慌里慌张的行动中心，是一片不断扩大的虚空，为了不让这虚空追上，她才想要往回跑，回到校园，回到青春时代，可是看起来，就算现代科技，也不可能让时间倒流啊……

什么声音从身后传来。多丽猛地一惊，不会又是保安吧？扭头看去，却是两个男生在激烈辩论，一个说："制度！关键还是制度！必须先进行制度改革！"另一个说："我不同意，不能太迷信制度，还是要看具体情况……"第一个人更激动了："你这样就不对了，这是掉入了相对主义的陷阱……"

两个男生大声辩论着走远了。四下看看，原来已到教学区，学生纷纷从楼里拥出，他们抱着书本，背着书包，多丽不时听到"区块链""国家""资本"的字眼。好久不曾听到这种高谈阔论了，多丽有些好笑，却也有一丝感动，果然，校园还是校园，有些东西还是没变啊。

前面就是小广场，路口的眼镜店变成了连锁眼镜品牌，店门口仍然挂着印着"宇宙大学"字样的 T 恤、书包。经过这一上午的漫游，她已明白这样的变与不变都不意味着什么，她只想去最后一个目的地——宿舍楼。尽管宿舍楼已经拆了重建为带空调、有独立卫浴的新楼，那拥挤、昏暗的宿舍必定已消失无痕，但在她心里，那里就是最后一站，就算站在楼下看看也好，看一看，也就结束了。

通往宿舍的小路还是那么热闹，路边是超市、餐厅、各类商店……书店竟也没有消亡，"全场书籍优惠七折！部分六折！少量五折！"扩音喇叭重复播放着。海报上美术字写着：最新到货 iPhone15！贴膜十块！还有铺着格子桌布的西餐厅，也有小小的日料店……现在的学生，生活水平可以啊！路上自行车铃声与人声此起彼伏：哎你去哪儿？去系里！我也要去！同去同去！等一下，今天课上的 PPT 发我啊！……

"杂粮煎饼！山东杂粮煎饼！"不知哪里传来叫卖声，她突然想起自己还没吃早餐，最近正在减肥，早上只喝了一杯咖啡，现在只觉腹中两张皮粘在了一起。叫卖声让她更饿了。"烤肠五块一根！""烤地瓜！同学，烤地瓜要吗？""包子！哎！刚出锅的肉包子！"

包子？她停下脚步，脑中像伸出了天线一样，四处探测。

马路对面，一个长脸鬈发的大叔，守着一口铁盆、一叠木质的笼屉，他用极其洪亮的声音叫着："包子！热腾腾香喷喷的包子！"

对，多丽想起来了，就是这里，就是这个大叔。那时她早上起来，在路边买个包子，然后慌慌张张蹬上自行车，一边飞车，一边念着"完了完了"，冲到教学楼，停好车，踩着铃声进教室，最后在课桌抽屉里偷偷打开塑料袋，满是包子的香味。

"大叔！"她又惊又喜地叫道。

"哎！"大叔应着。笼屉腾出的热气中，她看到大叔的头发已花白，瘦长的脸，额头就占了一半，一排皱纹又深又密，声音却还那么浑厚有力。没错，就是他。那时戏剧社的同学曾说，大叔要是去演话剧，声音一定能传到最后一排。

难道这里就是入口？一样的空间，一样的人？找了一个上午，这个发现却来得如此突然，让她语无伦次起来："您，您还在呢？"

"嘿，这话说得！可不还在嘛！"大叔笑嘻嘻地说。

"啊不是，不是那个意思……"她忙说。

"怎么着，来个包子？"大叔仍旧笑嘻嘻地说。

她几乎要脱口而出"好啊！"，却又及时停住了。如果这就是入口，如果大叔是终极的NPC，那一样的话会是什么？当年那个慌里慌张的大学女生，从自行车上跳下来，会说什么？不会说"好啊！"，也不能问"多少钱？"，这都太游客了。那么，该说什么？她突然意识到，虽然是自己的过去，却也是充满了未知。

大叔揭开笼屉，一阵热腾腾的小麦香味扑出来。大叔捻开塑料袋，张开五指，眼神带着询问看着她。

来不及了，一瞬间，那句再普通不过的话穿过二十年的时间，从她嘴里溜出来："大叔，来一个肉包子！"她又看了看铁盆："再来一个茶叶蛋！"

大叔变年轻了，满头的黑色鬈发，不过，额头褶子还是那么多。也许是心理作用，也许是真的，他的声音变清亮了："好嘞！一共一块五！"

她下意识拿出手机，屏幕却一片漆黑，那五颜六色的图标消失了，她急忙按着侧键，长按，短按，同时按，分别按，手机一点反应也没有，只照出一个张皇失措的自己。

大叔好奇地看她在一块黑色玻璃上戳来戳去："嘿！这又是什么新鲜玩意儿！"

她尴尬地笑笑，翻出钱包，钱包里什么也没有，现金、银行卡、身份证、校友卡……都不见了，只有一张刚上大学时母亲从庙里求来的平安符。难道，她心里闪电一样，难道是因为现金和卡都是这二十年发行的？这破游戏，还这么严谨呢！

"大叔……"她抬起头，一脸的震撼和茫然。

大叔似乎见得多了，大手一挥："没事儿！明儿给我！"

她提着两个塑料袋，一个肉包子，一个茶叶蛋，惊魂未定地走在校园里。

——这就回去啦？这么简单？

小路还是那么热闹，只是简陋了许多。超市变成——不，应该说回到了商店，那种什么都得战战兢兢央求售货员拿出来的柜台。手机配件店所在的地方，是报刊店，她都忘了，那时竟有这么多报纸杂志，一排一排，满满当当。"来份《南方周末》！"一个女生说。"卖完喽！"老板说。"这么快啊？"女孩嘟囔着，"那来份《体坛周报》吧！"

一股强烈的气味冲了过来，不需要辨认，那是公共澡堂。多少年的肥皂、洗发水、沐浴露、洗衣粉、消毒水混合在一起，顺着哗哗水声、茫茫蒸汽弥漫到四周。刚入学时，她最怕来到这里，似乎只要一接近它，就会一步步被扒光了。但是毕业时，她已经可以坦然赤裸着身体，和另一个赤裸的女孩分享一个淋浴头，而旁边还站着几百个赤裸的女孩。

一个女生从澡堂走出来，脸盆拢在腰间，湿漉漉的头发披在肩上。她已好久没见过这样的场景，也没看过这样松弛又骄傲的神情，竟有些着迷了。女生嗒嗒地踢着拖鞋，经过她身边，用力瞪了她一眼。多丽收回目光，在另一边的商店橱窗里看到了年轻的自己。

她想起了自己要去哪里，又是为了什么而回来。

5

如果不是瞬间穿越，很难有如此强烈的对比。还是在东门边，却没有了银质假牙般的门闸，也没有人排队进出，只是两扇干枯的铁门奄拉着，一个年轻的保安靠在门边。多丽故作镇定地向铁门走去，心里猛跳不已，这时要被拦住，她可什么证件都没有了。但是，没有人拦她，就这样任她安静地走了出去。多丽忍不住回头看去，保安却转过脸，似乎一点都不想看她。

来时的十车道马路，现在缩小为窄窄的柏油小路，路边停着一层浮土。正是春天，北方的风送来粗粝的尘土味道。小路对面伏着一片低矮的平房，胡同像细流一般，流过数十户、也许上百户人家。

真是难以置信，认识阿原之前，她竟从未来过这里。原来那细细的胡同两边，冰糖葫芦一样开着一串小店，一家又一家。一间专卖西方古典音乐的 CD 店，店主像个圣徒一样，总是露出恬静的微笑；再往里，是一家书店，又一家书店——那个年代竟有这么多书店！一家日式烧烤店，很时髦啊当时！可是自己竟从未吃过！然后是咖啡馆——雕刻时光。天！她有多久没想到这个名字了？好像在什么文章里看过，它是这里的第一家文艺咖啡馆，很多故事都从它开始……现在谁还记得啊？最里面是一家兰州拉面馆，这家她倒是来过的，和室友们……时间的力量竟然如此强大，在她胸中推搡着，搅动着，一时惊，一时喜，就像当年一样，一个世界在她面前打开了。是的，她在这里第一次喝到咖啡（好难喝呀，当时她想），第一次看到打口碟、牛皮纸袋包装的 VCD（后者快速迭代为彩色封皮的 DVD），第一次认识这么多校外的朋友……她也回想起一种感受：都要毕业了，她好像才真的上了大学。

眼前是那块蓝色招牌，印着白色的美术字体"布拉格广场"。如果没记错的话，不，不会记错，就是这里了。

推开虚掩的木门，房间里光线昏暗，空气不太新鲜，仿佛有人在这里睡了一夜。

有人清了一下喉咙，说道："来啦？"昏暗里她认出来那副黑框眼镜、狡黠的笑容和酒窝，还有他永远在抽烟的样子，是老张。老张的店里永远有最先锋最新潮的书，也有最全、版本最好的电影，更重要的是，她会在这里看到想见的人。

她看到了，阿原就站在角落，正从桌下搬出一个纸箱，半长头发遮住了脸颊。"嗯，来啦！"她的声音不自然地高起来，好遮住涌动到喉头的情绪。

多丽走到书柜前，拿起一本纯白封面的书，是苏珊·桑塔格的《论摄影》。她一边翻书，一边想，该怎么跟他说话？直接走过去，拍拍他的肩膀？还是装作没看到，等他来主动说话？说实话，她已不记得22岁的自己是什么样的，是更奔放，还是更害羞？也不记得当年他们到底是怎么一回事，到了什么程度？好像也没干吗吧，对吧……

"你喜欢听啥样的？"这时一个男人走到她身边，问道。

顺着男人的眼神，她发现自己放下了书，正在纸箱里翻着打口碟。"呃，都行。"多丽说。

男人一头长发扎在脑后，像是有些日子没洗了，他语气十分热情："摇滚，听吗？"

他是谁？多丽好像没见过，也许见过，只是忘记了，她犹豫着，说道："听，也听。"

男人噼里啪啦，从纸箱里翻出一张："这姐们儿，特好。"

塑料 CD 盒上是一个戴着大眼镜的白人女孩，她笑得调皮，长长的鬈发像泡得太久的方便面一样膨胀开来，占据了画面的大部分，一条长长的裂痕，分开了她的头顶。

男人继续介绍着："这姐们儿，身世特悲惨，你知道吗，小时候让她爸给奸了，她亲爸，你信吗，也就十岁吧，就这么小，后来又让她哥给轮了，特惨……"他说话的样子，不像是很惨，倒像是很爽。

没想到，穿越之后的第一场对话是这样的，多丽不由得笑了，她有点不确定，是让 42 岁的自己打断他，还是让 22 岁的自己不知所措地听下去？

她的笑似乎鼓励了男人，他继续说着，嘴角都是白沫："后来这姐们就吸上了，你知道吧，海洛因，还滥交，逮谁跟谁睡觉，不挑人，真的……"

多丽不想听下去了，正要开口，一个熟悉的声音传来："你跟她说这么多干吗？"和记忆中一样，鼻音浓重的南方口音。阿原仍旧埋着头，啪啪啪地翻着什么，一边冷冷地说："她都不给钱，白拿的，你跟她说再多，她也不会买的。"

男人看看她，又看看他，露出恍然大悟的样子："嗨，你俩认识？早说啊！"

长发男走开了，阿原仍旧低头整理着纸箱，老张又咳嗽了一声，只听见烟卷滋滋燃烧的声音。

回到过去似乎就是这样，见到每一个地点、每一个人都想，哦对对，是这样的，听到每一句话都想拍手，没错，他是这么说的……似乎一切自动前来，印证早已模糊的记忆，可是当沉默出现的时候，多丽就困惑起来，该怎么办？过去的自己会怎么做？怎么说？

没有时间多想了，多丽走到角落，语气轻松地说："欸，你也在这里啊？"

"嗯，"阿原手上的动作停了一下，淡淡地说，"今天刚进了一批货。"纸箱里，是满满的打口碟。

"那啥，"她咬了咬牙，终于说出了口，"你下午有空吗？"

他终于抬起头。这张脸庞和记忆中一样英俊，却似乎更年轻，更鲜明，也更实在，带着热热的气息冲过来，她的心突然怦怦跳个不停。这的确是年轻的身体啊，她想，不只是他的，也是我的，原来她的心还会这样地跳，跳得脑子里一片昏热。她急忙扶住书架，又抽出了一本书。

阿原露出疑惑的眼神："不就是约了今天下午吗？"

"啊，是吗？"她的脸烧起来，分不清是害羞还是开心，"我都搞忘了！"

身后，长发男哼唱着什么，老张用力地咳嗽着，清喉咙里的痰。

阿原又低下头，轻声说："五点钟啊。小广场。"

"五点钟，好的好的。"她连声应道。说完，无意识地翻着手里的书。

只听他在纸箱里噼里啪啦，像翻纸牌一样，翻出一叠CD，不容分说地递给她。

"给我的吗？"她问。当然，这是废话。很长时间以来，她都留着他送的CD。

阿原鼻音重重地说："你上次不是说喜欢爵士吗？"

是吗，我喜欢听爵士吗？她想着，手不由自主地伸进包里，摸摸手机，又摸摸钱包，发现过了二十年，自己还是没给他钱。

6

一天清晨，闹钟响的时候，多丽费了一点力气才爬起来按掉手机，心仿佛跳在一个毛坯房里，回荡着咚咚的响声。她抬起发麻的手臂，将手机拿得更远了一些，找到大学宿舍的群，又揉了揉干涩的眼睛，纠正了好几个别字，发出一条消息：姐妹们，你们还记得东门外那条胡同吗？

没有人回复。早上，正是妈妈们最忙碌的时候。多丽也是如此，先叫两个孩子起床，热牛奶、煎鸡蛋、烤吐司，老公和孩子们吃早餐的时候，她整理房间、洗漱、化妆，不时被叫去调解姐弟俩的纠纷。直到分别把孩子送到学校，关上车门，她终于是一个人了。

仿佛停不下来似的，她拨通了老公的电话。"咋了？"老公说。

她犹豫着，不知该如何开口。她很想跟谁讲讲昨晚的梦，那个倾斜的房子空空荡荡，洪水中传来音乐的声音……为什么会这么熟悉，又这么悲伤？在梦里她一直哭一直哭，梦醒后，仿佛穿了一件湿衣服，仅靠自己的体温，实在无法把它烘干。可是，又该怎么跟老公说呢？他们已经很久没有……不，他们好像从来就没有谈过心。

"咋啦？作业忘带啦？"老公的声音听起来那么无忧无虑，她心里突然升起一阵无名的怒火。早高峰开始了，三个车道的车辆涌向同一个出口，眼看要堵一阵了，她熄了火，像螺丝滑丝一样，看似正常地旋转着，实际上却已滑向另外的纹路："那什么，我有几个箱子放哪儿了，你知道吗？"

"什么箱子？"老公说。背景中，电台体育新闻正在播报昨天英超的结果。

"你声音放小一点。"多丽不客气地说。

"什么箱子？"老公又问。他似乎没有感觉到多丽兴师问罪的语气，或者说，他感觉到了，只是逃避着。

"就那几个啊。"多丽解释着，箱子上了封条，上面用记号笔写着"CD"，每次搬家她都带着，其实她不确定自己是不是真的要找那些箱子，还是想要拿什么东西刺向老公，看他有没有痛感，"和你的坦克模型放在一起的，想起来了吗？"

"哦，那个啊。"老公停了一下，电话那头还隐约传来"曼城""利物浦"这些名词。

"你把那东西关了！"多丽说。

电台声音消失了，气氛却也变得有些窒息。

"想起来了吗？"多丽的声音缓和了一些。

"想起来了啊，"老公的声音还是那么轻快，"我扔掉了。"

老公的语气有多轻松，多丽就有多意外，她已经分不清楚自己到底在气什么，是箱子不见了，还是老公竟然能一直这么轻松。

老公继续说道："那也没啥，就是一堆垃圾啊。"

她停顿了一下，声音变得很硬："你打开看了？"

"对啊。"老公似乎觉得这个问题很荒谬，不打开，怎么会知道呢，是不是？

多丽终于无法再克制了，她连名带姓地吼叫着老公的名字："你凭什么扔我的东西！"仿佛只有这样，才能穿透永远平行的对话，才能从湿漉漉、难以呼吸的梦境中醒来。

老公被叫到大名，似乎有些错愕，也慌乱起来："我看你也不用啊，你都没打开过……"

是的，多丽已经很久没有打开过那几个箱子了。结婚后，他们买了个小房子，有了女儿，为了给女儿腾出游戏空间，她扔了很多东西，唯有这些CD，她装箱封好，塞在床底下。后来，换了大一点的房子，又有了儿子，箱子放进储藏室，她总觉得有一天，自己会打开箱子，一张一张听完，哇，那也能听好几个月吧，毕竟她也喜欢过音乐，有过那样的日子……纸箱打开的画面出现在多丽的脑中，她已经不确定那里面是什么样的盒子，又有什么样的音乐，以后，也不会再知道了。

老公还在解释，他最近刚买了一批新模型，储藏室不够放了，所以才……老公灵机一动，又说："这些模型儿子也可以玩，对吧？"他又兴高采烈起来："以后再给孙子，一代一代往下传……"

有那么一瞬，她以为自己尖叫了出来，尖叫声穿透了特斯拉，炸毁三车道上所有的车辆，让立交桥崩塌，整座城市灰飞烟灭……尖叫吧，多丽跟自己说，可是她没有，太多太多东西堵在胸口，又堵在喉咙，令她说不出话来，也动弹不得，只有一小部分化作眼泪，流了出来。她恨自己那么尿，她是尿，但是，她又能怎么办呢？

"你说啥？"老公问道。

后面喇叭声响起，车流已挪动起来。多丽抽出一张

169

纸巾擦干眼泪，发动了汽车，一边含混地说："没啥，挂吧。"

"哎，"老公继续快乐地说着，"要不咱们再换个大点的房子，这样所有人的东西都能放下。你觉得咋样？"

微信群有了消息，记忆力最好的老大回复了，记得啊，咱们还去吃过牛肉面呢，那是我第一次知道了什么是二细，毛细！

东门外面？年纪最小的老六说，有家雕刻时光是吧？

雕刻时光！二姐惊叹道，有多少年没听到这个名字了！

真的！大家纷纷回应着。她都可以想象，如果是线下聚会，她们会怎样提高声音，此起彼伏。

早没了吧？不知谁说。

早拆了。又有人说。

能想到吗？我们都毕业二十年了！又有人说。

天哪！二十年！

二十年！

二十年！

每个人都惊叹着，仿佛是在复制粘贴。

东门外？我怎么都没去过？心性最单纯的老五，总是最后才出现。

因为你都在背单词，多丽回道。

大家回复了一串哈哈哈哈哈。过了一会儿，有人问：
老三，你问这干吗？

7

原来年轻是这样的。

她感觉牛仔裤变松，卫衣变肥，摸摸脸，下颌线回来
了，发际线回来了……身体变得轻盈，让她不由自主地想
跑，想跳。更重要的是，她注意到，路上男生看她的眼神
也不一样，不，应该说是，他们看到她了。原来年轻是
这种感觉，她想，果然第二次，才是真正的经历，就像
吃饭，第一口总是填肚子，狼吞虎咽怎么会知道滋味？第
二口，才会细细地咀嚼……每个人都应该安排第二次的青
春，这样才对啊。

晚春的风已经变暖，最后一批杨絮从树上飞落，在地
上滚成团。阳光锐利地划分着阴影，快要透出夏天的意
思。多丽手里握着一叠打过口的爵士乐 CD，轻快地走在
校园里。这么自由，又有些……不知所措。她在路口停下
来，时间还早，下一步该去哪里呢？

中午下课时分，路上学生更多了。什么地方传来一阵
喧闹，哦，原来是影音厅门口，学生们挤了三四层，都伸
着脖子往里看，她也凑过去踮起脚尖。厅里已坐得满满当
当，幕布上正在直播足球赛。"同学，这是什么比赛？"

她问旁边的男生。男生紧紧看着前方,心不在焉地回答了一句什么。"什么杯?"她又问。男生还没回答,突然所有人都嚷起来,只见屏幕上,裁判右手高举起一张红牌。慢镜头中,一个白人球员缓缓地伸出右脚铲球,一个黑人球员徐徐倒地,在地上翻滚着。"假摔!假摔!"男生和其他人大声叫道。一片充满激情的喧嚷声中,她也开心起来,跟着大叫:"假摔!假摔!"男生转过头,认真地说了一句话,这句她倒是听清了。男生说:"裁判制度还是应该改革啊!"多丽笑了,大声回应着:"是的,应该改革!"

小广场上,许多人聚在海报栏前。那上面贴着许多讲座信息,有"股份制改革与私有化""信息高速公路还有多远?""中国可以说不"……这些题目听起来很熟悉,多丽想,也许当时她都听过,怎么现在一点印象都没有了?一张黑白海报上印着电吉他图案,旁边是斜体字:我去 2000 年新青年演唱会。我去 2000 年,她重复了一遍,好像是有这么一张专辑,一个酷酷的男歌手,带领大家奔向乐观、时髦、无忧无虑的新世纪,打扮漂亮,Windows98……谁能想到,二十年后,她竟掉了一个头,从另一个方向去 2000 年呢……

"借过,借过。"一个民工样的男人提着糨糊桶挤进来,大刷子蘸满糨糊,在海报栏上直直一抹,贴上一排整整齐齐的 A4 纸,盖上了讲座信息,再用干净的刷子刷平。A4 纸上是红色大字：考研辅导。又刷上一排：新东方 TOEFL。她突然想到，该给女儿报托福了。她又意识到，回到过去以来，这还是她第一次想到女儿……不对，这时候她没有女儿，也没有结婚。像系统错乱一样，多丽脑中出现了一瞬间的空白。眼神再次聚焦时，她发现眼前飞舞着一条条白色小幡，那是 A4 纸的下半部分，被裁成七八条，每条上都印着寻呼机号码，正文只有一行：求购二手自行车，有意者请联系。对，她想，我今年 22 岁，有一辆自行车，我应该去宿舍，去最熟悉的地方，看看姐妹们。

和她记忆中一样，宿舍楼长长的一条，带两个拐角，像个方括号，括号内停满黑压压的自行车。一个男生站在楼门口，手拿饭盒，百无聊赖的样子。没错，以前女生楼总有男生在楼下站岗，等女朋友下来，一起去吃饭、自习，熄灯前，再送回来。毕业之后，她总是遗憾，居然没有在这么美的校园谈过恋爱，她太纯洁了，不，太迟钝了，许多事都不懂，但是这次，就不一样了。

她就是这样满心跳跃着、叽叽喳喳着，从阳光里走进宿舍楼。突然，她打了一个冷战，像是钻进一个巨大的洞穴，楼里异常昏暗，阴凉。宿管阿姨抬了一下眼皮，又耷拉下来，毫无疑问是认识她的。楼道里密密地晾着衣服，空气里都是熟悉的洗衣粉味道。她的脑中瞬间出现刚入学时那些南方同学的惊叹：就这种晾衣服的方式，这么阴，这么挤，居然一晚上就干了！

上了两层楼，经过许多裤腿，好几次冰冷的水滴掉入脖颈，又钻过了许多内衣内裤，终于，多丽眼前出现了那面机器猫图案、遮住半个房门的帘子。

房间比记忆中还小，还拥挤，而她比自己想象中还要激动。刚进大学时，她也是这样站在门口张望着，三张上下铺，木板床上空空荡荡，一张共用的大书桌，六个小储物柜……她来得最早，挑了窗边那张上铺，然后，老四、老六、老五……她们都来了，这就是未来四年要一起生活的人啊。她们互相张望着，不过更多的，是父母之间的对话：您家是哪儿的？那我们是老乡啊！您呢？……那个晚上，所有的父母离开后，六个陌生的女孩坐在书桌前，这边三个，那边三个，都在埋头写信，写给中学时的好友，告诉她们新的生活是什么样的，告诉她们，我想念你……

这是她的床，蓝色细格床单包着薄薄的褥子。墙边靠着一排书、CD 和磁带，垒上那叠爵士乐 CD，床就很窄了。集体生活没过多久，每个人就都买了帘子，用铁丝挂在床四周，拉上帘子，就是各自的世界。她还记得毕业时，是多么迫不及待地想要离开这里，要有自己的收入，有自己的房间，后来她也做到了，从一居室，到两居室，到三居室，下一步就是四居室了，谁能想到，她竟会想念这个小小的宿舍、又窄又硬的床呢？

"哎，你怎么回来了？"是老大的声音，她端着一盆衣服进来，仰头疑惑地看着她。

"老大！"她兴奋地跳下床，冲过去拉着老大湿漉漉的手臂。

老大显然被她吓了一跳："怎么了这是？"

多丽没有放开手，说道："让我好好看看你！"

上一次宿舍聚会时，所有人都化了妆，却仍然难以掩饰疲倦的神色。老三，怎么样，最近还好吗？挺好的，你呢？也挺好的。回答中仿佛有轻微的叹息，然后是一阵沉默，似乎生活里没有什么值得一说。然后，不知是谁提起高考，大家立刻热闹了起来。我们那年宇大招得少，全省才招九个人……我们省倒是招的多，但是考生也多啊……我语文没考好，英语和数学还行……我也是，我数学考了147……我数学考了149分……哇塞二姐，几乎满分啊……

她们同宿舍六个人，分别来自不同的省份，背景却很相似，都是小地方，平民人家，也都是当地出类拔萃的学习明星，高考就是她们人生的巅峰。入学时，二姐的高考分数是全班第一，但说到记忆力，还数老大最超群。老大说，哎，那个马哲老太太，你们记得吗。哪个啊？有人问。是那个特别凶的吗？又有人说，每次上课都点名？对，就是她，老大说。就那课，不点名谁去上啊？多丽也想起来了。老大后来做了老师，颇有镇定的讲述风范，她扫视了一下全桌，说道，有一次你们记得吗，上课前，老太太又在那儿点名，我们班一个男生答了六次到……还有这事？她们都笑起来。又七嘴八舌地说，为什么？哦我知道了，是他们宿舍其他人都没来。老大点点头，说，对，老四，你答对了。老大又说，结果呢，老太太发现了，老太太怎么说的，你们还记得吗？她们叫道，天哪，这谁记得啊？老大并不轻易放弃，用看学生的样子殷殷看着她们，二姐，你还记得吗？老三？老四？老五？老六，你呢？哎呀老大！大家纷纷抗议起来，老大似乎才相信她们真的什么都不记得了，身板往后一靠，说道，老太太那时候呢，突然笑了一声，她一笑就让人瘆得慌，你们不觉得吗？觉得，觉得，她们都应和着，快说吧老大。老大说，那老太太说，这位同学，你是孙悟空吗，还会72变呐？那个男生怎么回答的，你们记得吗？这次没等她们抗议，老大学着男生不慌不忙地说，老师，我们是唯物主义者，世上没有鬼神，都是人根据自己的形象想象出来的……她们笑起来。老大说，重点是，大家听重点，你们还记得老太太长什么样吗？她嘴巴有点突出，又老穿一件棕色带毛毛的衣服……她们笑得更厉害了。笑了一会儿，多丽说，真没看出来，咱们班有这人才？他这学分不想要啦？不知道是谁说，拜托，人家都已经顺利毕业了。又有人说，等一下，他是我们班男生吗？老大敲着桌子说，同志们，同志们，你们不会连我们班男生有谁都忘了吧？

一阵热热、酸酸的感觉涌到眼睛里，回到过去，意外地让多丽变得很易感。她看着老大青春的、没有皱纹的脸庞，意识到无论自己的身体如何年轻，内心都已多了二十年的光阴，而眼前的室友，却还只是一个小女孩。

老大当然没有注意到她的情绪变化，转身放下脸盆，拿出一把衣架，问道："你怎么回来了？"

"啊？"多丽还沉浸在自己的世界中，不明白老大在说什么。

"你没去练剑啊？"老大拿起一条牛仔裤，挂在衣架上，水滴滴答答地落在脸盆里。

"练剑？练什么剑？"她问。

老大说："你忘啦？明天不是校庆表演吗？你和老五应该在排练啊！"

哦，多丽想，原来这是在校庆前夕。

"怎么回事你，失忆啦？"老大拿起撑衣杆，举着衣架出去了。

校庆前夕，她想，我在校庆前一天回来了。

老大挂好牛仔裤，又将一件印着"宇宙大学"的T恤套入衣架："时间过得真快啊！老三，你不觉得吗？还没感觉到咋回事呢，就要毕业了！"

"可不是嘛。"多丽轻声说。

老大又说："我都觉得我老了！"

多丽看着面前这个年轻的女孩，大笑起来。

老大瞪了她一眼："你笑什么？"

刚才满溢胸口的伤感情绪这时一扫而空，多丽想，这正是一个机会，可以搞清楚二十年前自己到底在做什么，免得总是不知所措。于是她问道："老大，我昨天干吗去了？你记得吗？"

　　"你昨天？"老大将 T 恤挂上去，拿着撑衣杆想了想，"你昨天去面试了。"

　　哦，工作啊，多丽有些失望，以至于忽略了老大的神情，她又问道："那我的车停在哪里了？"

　　"你的车？"老大一脸的难以置信，"你的车不是丢了吗？"

　　糟了，她想，还好提前问了一句。

　　"你今天咋了，还好吧？"老大狐疑地看着她。

　　多丽看着老大圆圆的眼睛，再次感觉到面前不是自己的姐妹，而是一个天真敦实的小孩。她笑嘻嘻地说："那我再问你，我今天晚上要干吗？"

　　老大白了她一眼："我怎么会知道？你又没告诉我！再说，你成天不在宿舍，谁知道你在干吗？"

　　多丽又大笑起来。对对，在学校的最后一年，她常常往外跑，很少待在宿舍，这一次，她一定要珍惜机会，跟姐妹们嘻嘻哈哈，尽情八卦，快乐地度过这个下午。

　　笑声还未停歇，门帘掀开了，是老四。多丽用同样热烈的心情拉住她，招呼道："你回来啦？"

　　让她意外的是，老四躲开她的手，说道："你怎么站在这儿！"说着，从旁边闪了过去。

不只是她，后面还跟着老六，低头轻声说："回来啦。"却没有看向多丽，也不期待有任何回应地擦身而过。

宿舍的气氛似乎跟她想象的很不一样。老四和老六坐在桌前，默默地打开饭盒，又默默地吃饭。她求助地看了看老大，老大却背转身去，继续晾着衣服，她真是洗了不少衣服啊。

多丽站在房间当中，不知怎么办才好。也许她也应该去打饭，和大家一起吃饭……她尽量让自己的声音昂扬起来，问道："你们在哪儿打的饭？"

两个人都停了一下，似乎都在等对方回答，最后是老六不情愿地说："学五。"

走廊里渐渐嘈杂起来，同学们正在陆续打饭回来。多丽踌躇着，她也可以去吃饭，但是，饭卡在哪里？她连自己的抽屉是哪个都不记得了，还可以问大家吗？她看看默默吃饭的老四和老六，又看看折衣服的老大，想问，又问不出口。那时候发生了什么吗？怎么她完全不记得了？

帘子嗖的一声抖开了，老五出现在门口。老五是个娃娃脸，时常像哪吒一样，满脸怒气，她一手拎着书包，一手端着饭盒。北方的饭食不及南方精细多样，这是老五怒气的主要来源。今天她的造型显得更像哪吒了：身后交叉插着两把剑，黄色的剑穗在耳边左右晃动着。

所有人都笑了。多丽也跟着笑了。

老四说："哟，你怎么回事，跟侠女似的？"

老五气呼呼地放下书包和饭盒，说道："你怎么突然不见了？"

多丽发现老五在跟自己说话，她蒙了一下，信息在脑中迅速交叉组合，哦，明白了，校庆演出排练时，就是她穿越的时刻。她结巴起来："啊我……"

老五转身解下一把剑，噘着嘴说："喏，你的剑。"

多丽只觉得自己僵住了，许多话在嘴里窜，却跑不出来。她讪讪地接过剑，轻轻抽出来，所谓剑，只是一条薄薄的、柔软的铁片而已。

门帘又掀开了，她仿佛看见了救星。"二姐！"她叫道。六个人中，二姐最是慷慨，最爱照顾人，和她关系也最紧密。毕业后，二姐去了南方，但每次来出差，都会和她见面。多丽买第一套房子时，电话里支支吾吾，二姐立刻说，需要多少？尽管这几年聚得少了，但是多丽一直记得那声音里的暖和爽利。带着许多从未来翻涌而来的情感，她冲到门口问道："你吃饭了吗，二姐？"

二姐却没有看多丽，也没有看向任何人，她踢掉鞋子，手攀扶梯爬上自己的床铺。"吃过了。"她低低地说。

这是怎么了？多丽茫然地看向大家，似乎所有人都明白发生了什么，只有自己一无所知。

二姐跪在鹅黄色的床单上，低头打开书包，说道："我工作定了，去南方。"

多丽想，我知道啊，这很好啊。有时候她也想，如果当年自己也去了南方会怎么样？说不定会有另外一番景象呢。可是，宿舍里没有人接话，吃饭的吃饭，折衣服的折衣服，背单词的背单词，只有她站在空地上，一无所知。

二姐从书包里拿出书，摞在墙边，没有看向任何人，但这次说话的对象很明确了，她说："不会跟你抢北京户口了，放心吧。"

8

如果再来一次，你会改变自己的选择吗？那次离开咖啡馆，在路边等车时，神婆问道。会啊，多丽不假思索地说。神婆笑了，不能买房哦，买彩票，股票，这些都不行。啊，多丽夸张地叫道，那还有什么意思？万一我要拯救世界呢？万一我可以阻止战争的发生呢？你要拯救世界？神婆。多丽倒吓了一跳，急忙说，不是不是，网文不都那么写嘛。神婆没有作声，低头看看手机上汽车的轨迹，又左右张望着夜晚的马路。车来了，是多丽的。走了啊，她说。这空虚又快乐的一天，够她支撑一个礼拜了。这时她看见神婆嘴唇张了张，仿佛想要说什么。多丽来不及问，快到家时，收到神婆的微信，那句话有点莫名其妙，不知为何，又有点悲伤，神婆说：人在自己的过去，只是一个游客。

站在大四的小广场，多丽半生的记忆都涌了上来。十八岁之前，仿佛所有的生活只为一个目的：高考。高考结束，她原以为任务已完成，没想到课堂上还点名、课程分数还排名、奖学金分配、保研名额……而且竞争更为激烈，因为所有的同学都是高考中厮杀出的顶尖高手，到最后这一年，出国的出国，保研的保研，宿舍里要找工作的，就剩她和二姐了。她们都想留在这座城市，那就必须拿到户口，但有指标的单位很少，不用说，男生还要优先……多丽想起老大欲言又止的表情，这么说，前一天自己去面试了……也许就是那份有户口指标的工作，也许在她们看来，自己如此雀跃，上蹿下跳，是在炫耀自己的胜利，而这种紧张、尴尬的气氛，也许已经持续了很久……这一切，她已经完全忘记了。

　　午饭后，所有人哗啦哗啦地封起五颜六色的床帘。她们还要午睡，她想，真是小孩子啊。多丽真想拉开五颜六色的帘子，笑着告诉她们，这算什么啊，什么考试、保研、户口……这都不重要，二十年后，其实大家都过得差不多！而且，大家还是好姐妹！她想跟二姐说，我也要去南方，我们一起去！管它什么户口……想到这里，多丽的眼睛里都是泪水，她用力翻了个身，砰地撞到床栏，哐啷一响，帘外立刻传来一声不耐烦的咳嗽。多丽急忙绷紧身体，小心翼翼地翻了回去，木板硬硬地硌着骨头，让她怀念起家里的乳胶床垫。真的吗？她问自己，不重要吗？户口不重要吗？……还是挺重要的啊，后来的每一步，工作、买房、小孩上学，都建立在这个户口之上，一环扣着一环，她是多么辛苦，每一步都不走错，才到了现在这一步，真的可以放弃吗？

多丽有点后悔玩这个时间游戏，它太真实了，真实得平淡，又真实得惊心动魄。人在自己的过去，只能是一个游客，原来是这个意思。过去无法改变，因为每一个时刻，都是时间中的一个链条，牵一发则动全身，改变过去的某个瞬间，就改变了现在，她能想象没有老公、没有女儿和儿子的生活吗？不能，那样的话世界不是塌了吗？……再说，过去的我也没有错啊，多丽为自己辩护起来，人只能为自己去争取，还能咋办？竞争嘛，就是你死我活，大家都这样，是不是？……不对，也不全是这样……多丽脑中异常混乱，过去、现在、未来乱成一团。她又想到哪个古人说的，人无法踏入同一条河流？多丽踏进来了啊，在同样的时间，同样一个年轻的身体，但为什么，这感觉却不怎么好？时间的河流是如此冰冷，让她全身都快要冻僵了。

一辆很旧的老式二八自行车驶近了，停在她的车轮前。多丽抬起头，这次不是在昏暗的书店，也不是同样昏暗的记忆，在北方下午的阳光下，她看到那洗到褪色的橄榄绿衬衣，黝黑的皮肤，中长发遮住健康清瘦的双颊，眉骨下，睫毛迅速扇动，深陷的眼睛亮亮的，鼻音嗡嗡说：
"你早到了？"

多丽觉得自己活了过来，对，不要再想那些了，不再
懊悔，也不再犹疑，看看此刻眼前的男孩，一无所有、只
有青春的男孩，这不就是她回来的原因吗？她说："没有，
我也是刚来。"

"哦。"阿原一脚支在地上，眼神避开她，看向蓝色的
工地围栏。

多丽意识到自己的眼光太炽热，太像老阿姨了，于是
也转头看向围栏。广场上已经围了一年多，据说要建一座
大礼堂。毫无意义地看了几秒，她问道："今天的碟都卖
完了吗？"

阿原答非所问地说："我下午去了趟学校。"

他在跟她解释自己的行程吗？多丽想，自己对阿原似
乎一无所知，除了他来自艺术大学、卖打口碟、南方口
音、长得像柏原崇，其他呢？他为什么要送自己 CD？他
真的喜欢自己吗？应该是的，有时候她这么想，有时候又
不确定，毕竟他们之间什么都没有发生。这点她很确定，
她这辈子，只有老公一个男人而已……想到这里，她若无
其事地问道："你住哪里？学校吗？"

"不是啊。"阿原说。

多丽又说："那你住哪里？"

阿原的眼神从围栏收回来，说道："你想去看看吗？"

这次，他看她的时间长了一秒，那黑色的眼睛里明显停着期待。她迟疑了，不是因为此刻的心情难以理清，而是她还在拼命回忆：当年有没有这样的对话？自己又做了什么样的选择？但是她什么也想不起，记忆是一片拨也拨不开的浓浓黑雾。在黑雾里，她全无依凭，只能依靠现在的自己了。阿原眼里的亮光暗了下去，又转向蓝色围栏。看到他失落又装作淡漠的样子，多丽心里升起一种近似母爱的感觉。"好啊！"她脱口而出，"你带我去吧。"

这下阿原笑了，又俯身将笑容藏入双肩，卷起的衣袖之下，双臂肌肉线条尽出。"放心吧，"他说，"不会把你卖了。"然后左脚一蹬，往前滑走了。

多丽还没反应过来他的烂笑话，慌忙跨上跟老大借的自行车，大声叫道："你慢点啊！"

这次是那座著名的老校门，深灰色重檐之下，镶着一块蓝底金字牌匾：宇宙大学。门口许多游客，有一家三口站得笔直，爸爸叮嘱拍照的人："要那大门，就那四个字儿！腿没事儿！"天呐，已经多久没来过这里了啊。东门允许车辆通行，所以每次她都走东门，可是也许这里的古典与庄严，才是她想寻找的宇大。围墙也遮不住的青翠侧柏，垂落在墙头的柳枝，银杏树伸开数千把绿色的小扇子……多丽看着眼前的风景，觉得自己简直像去郊游。前面，阿原放慢了速度，双脚悬停，脑袋向后一偏，头发顿时飞乱了。她兴高采烈地叫道："我跟着呢！"没错，她跟着呢。她在心里想象着那个画面：放心吧，跟我走，他说，然后她说，好，我跟你走。就是这样。她渴望着把自己完全地交给一个人，哪怕只是一瞬，一个夜晚。

围墙已到尽头，园林春色消失了。路边出现了长长的蓝色围栏、临时搭建的工棚、简陋的餐厅和理发店招牌，大片野草之上，遍是石砾和垃圾。

过了这一段，就是农田。庄稼的气息冲洗掉建筑灰尘的味道，四下看去，平原上太阳已西斜，大地昏黄一片，小麦正在抽穗，细细的茸毛扰得夕阳更矇眬了几分。原来学校周围是这样的，多丽才意识到，大学四年，她很少离开那一圈围墙，即使离开，也是去市中心，去商场，去CBD，而不是这个方向。瞬间，她感觉到了恐惧。这是哪里？自己是不是太冒险了？她常常对女儿说，不能和陌生人去陌生的地方，自己却如此冒险，万一遇到坏人怎么办？前方，阿原微微躬着背，敞开的衬衣翻飞着，如同一只风筝。放心吧，不会把你卖了，阿原在小广场上说，当时她只觉得是一个拙劣的玩笑……

"还有多远啊？"她冲前面喊道。

风里吹来他模模糊糊的南方口音："快到了！"

多丽左右望去，只见无边无际绿油油的麦田，埂上笔直的杨树，实在看不出哪里有房子。柏油路已经变成了石子路，碎石在车胎下唰唰作响。风里似乎传来喘息的声音，她更加慌张地前后张望，路上却只有他们两个人，一前一后。她忍不住伸手摸了摸口袋里的手机，可是它已没有任何用处，用作武器的话，还不如一块砖头。多丽的脑中纷纷浮现出各类社会新闻：女大学生被拐卖到山区十二年，女大学生被奸杀抛尸野外……而她现在，没错，正是一个女大学生。

阿原放慢了速度，在车上立起回头看她，似乎在等她追上去。那样子让多丽想到在电教室第一次看到阿原时，他是那么自由勇敢，那么慷慨，又是那么羞涩的男孩啊。不，他不会是坏人，多丽决定了，她要相信他。多丽压低身子，用力蹬着，向前冲去。这时，阿原拧转车头，拐入一个不起眼的路口。路口之小，犹如钻进麦田，可是很快，路边就出现了一道长长的围墙，围墙中，有两扇铁大门。

"到了。"他说。

她从车上跳下来，东倒西歪一阵，终于站定，倒吸了一口气。麦田深处竟有这样的地方！铁门里一大片红砖平房铺开，砖块坑坑洼洼，砖缝里黑色水泥都还没干，低矮、简陋，似乎是仓促砌成，再分割成一样大小的房间，开一模一样的门，一模一样的窗，一个长条，又一个长条，无穷复制。多丽走在房子中间，越走越心惊，这时她感受到的不是恐惧，而是不真实：这么大一块地方，这么多房间，却都紧闭着，一个人影都看不到，甚至，连一株植物、一棵草都没有……就像是一个监狱、厂房，或是一个梦魇，她想，我做过这样的梦吗？

可是阿原看起来却如此真实，他推着那辆老旧的自行车，衬衣的后摆微微飘动，时而勾勒出两块肩胛骨的形状。走过一条房子，又一条，另一条，阿原终于停在一扇门前，拿出钥匙，打开了挂锁。

一股潮湿阴冷的味道扑面而来，让多丽停下了脚步。阿原却站在门里，一脸期待地看看她。多丽只好硬着头皮踏进去，这个又小又矮的房间仿佛一个山洞，比她们宿舍，不，比她后来的厨房还要小，墙边摆着单人床，书桌，四下堆满了书、CD 和可乐，还有两只很破的音箱。这就是全部了。简陋倒在其次，让多丽难挨的，是那股异味。

阿原扫视着书和 CD，仿佛这是一个非常值得炫耀的房间。"怎么样？"他说。

多丽想，这味道，是衣服没晾干吗？"你没有衣柜吗？"她问。

"要衣柜干吗？"阿原有点得意地说，"我就两身衣服，都是一样的。"

"什么？"多丽打量着他的橄榄绿衬衣和工装裤，"原来你是有造型的啊！"

阿原似乎听不出她的讽刺，呵呵笑了。这笑倒又让她觉出几分可爱。多丽再次扫视着房间，看到墙上贴着一张海报，是 Pink Floyd 的 *The Wall*，她伸手想抚平海报卷曲的边缘，却抹下了一层灰。她明白了，这潮湿阴冷的气味，是劣质墙粉还没有干的味道。"挺好，挺好，"她尽量自然地走出房间，一派惊喜地叫道，"哇，夕阳好美啊！不如我们坐外面吧！"

太阳快要沉落，留给天际半边霞光。多丽坐在板凳上，伸直双腿，一路以来僵硬、燥热的身体终于放松下来。棕色液体辣辣地顺着喉咙流下去，无数气泡在身体里轻轻地爆炸，让她发出一声快乐的叹息。

阿原的声音也很快乐："我只喝可口可乐。"

"什么？"她转头看去。

他正搬出一只音箱，这音箱已经秃了皮，灰一块黑一块的，要说是从路边捡来的，大约也不过分。阿原为它接上扁扁的 Discman，认真说："因为百事可乐不是可乐。"

"什么东西？"她笑起来，"太冷了。"

"你冷？"他停下动作，担心地看着她。

多丽意识到他不懂后来的网络用语，笑得更厉害了。十几分钟前，她还在担心自己会被拐卖，现在她彻头彻尾地明白了，他只是一个贫穷的艺术青年，一个天真的男孩。"好啦，"她说，"快放点音乐来听吧。"

阿原被她笑得有些不知所措，不太开心似的，闷头将一张 CD 塞进 Discman，又按下播放键。几秒之后，音箱突然炸出一阵尖利又失真的电吉他声，一个男人撕心裂肺地吼叫着，噪音顿时撕破了寂静的红砖房。

"天哪！"她毫无准备地惊叫起来。

阿原关掉音乐，恶作剧成功一般嘿嘿笑着。

音乐已经停了，多丽却仍然捂着耳朵，叫道："什么东西啊？"

"这是我的最爱。"阿原笑着，却显得慌乱局促起来。

"什么东西啊？"她说。

他低声嗡嗡道："是死亡金属。"

她停顿了一下，又说："什么东西啊！"这次却不是提问，说着，她轻轻推了一下他的肩膀。

这一推，气氛就暧昧了起来。他低头嘿嘿笑着，再抬头时，黝黑的脸庞仿佛透出一点晚霞的红色。

"放点安静的嘛。"她说。

他没有说话，在一堆残缺不全的盒子里翻出一张。这次按下去，响起的是钢琴，叮叮咚，叮咚。这就对了，她想。一个沙哑的女声像是诉说，低声、哀伤地诉说，渐渐地，她拉长了尾音：

I'm leaving my wedding ring.

Don't look for me.

……

多丽想，我果然是喜欢爵士的，可是为什么我已经不知道了？她只记得，女儿五岁时叫着要学钢琴，记住，是你自己选择的哦，她跟女儿说，女儿哭着点点头，于是她花两万多买了一架雅马哈，果然，一年后，女儿就不想学了，钢琴摆在客厅像个没用的家具。有时走过会撞到，有时扫地机器人会卡在琴凳里，她只觉得碍事，却从未想过，自己也可以打开它……时间就这样永恒流淌，无声无息，谁知道深处涌动着什么？

她往阿原那边挨过去，感觉到热热的体温传来，她是多么渴望把头靠在谁的肩膀上，那一定是结实、温暖的肩膀，不，请把她抱入怀中，她的心跳得太快了……

这时，她听见他说："这张很好，都没怎么打到。"

"是吗？"她歪着身子，看向阿原手中的 CD 盒，封面上是一个黑人光头女性，狭长的缺口打在侧面。

"是啊！"他没有回头，黑色的眼睛像鱼一样快速往侧面划来，又溜走了，"你知道这些碟是怎么来的吗？"

"不知道啊，怎么来的？"她看向他清晰的侧脸上突然顶起的鼻骨，在眼窝中扇动的睫毛。

她的举动和语气似乎使他开心起来，连鼻音都没那么浓重了："你知道吗，其实最开始，它们都是那种，摆在那些发达国家超市里卖的，美国啊，德国啊，就那些，所以你不要看它这么烂，其实都是原装正版，比那些国内盗版的，好多了……"

她第一次听他说这么多话，似乎想说的很多，却又紧张地一直打磕绊，几个字几个字地往外蹦。"哇，真的吗？"她说。

"没想到吧？"他更加开心，"但是，这些过期卖不完，就变成乐色了，哈哈，没想到吧？其实这些都是乐色，扔之前像这样，打个口子，就报废了，然后跟那些一次性针管啦，塑料袋啦，一起装到船上，运到中国……"

太阳已经落下，地平线上的晚霞消失了，蓝色的天空透着一点点粉色，那是最后的霞光。另一边，纤巧的新月已经高高挂起。有人骑车进了大门，向这排房子驶来。原来这里是有人的啊，她想。

"结果，被那些收乐色的人发现了，原来还可以卖钱哦……"一开始，只是轻轻地、讽刺地笑，说着说着，仿佛太荒谬了，以至于笑得说不下去，他把手中的 CD 扔进那堆破碎的塑料盒子，"所以你看，其实这些都是塑料乐色……"

不知道为什么，多丽不想听下去了。她远远看着那人推开一扇门，点亮一格窗户，没头没脑地问："所以这些人，也是跟你一样的吗？"

阿原停住笑，也看向那个亮起的房间。又一个人来了，又一扇门，又一格窗户。尽管讲述被打断了，他的兴致却依旧很高。"现在还没到时间，"他向右边一指，"下晚自习以后，那里都是人。"那里，是两排房子之间的空地，有一长条水泥砌成的水槽，上面横着一排水龙头。看样子，那就是公用的洗漱间了。

但那不是多丽听到的重点，她问道："晚自习？他们去哪儿上晚自习？"或者说，她想，应该是"你们"。

阿原笑了，似乎答案显而易见，而她竟然一无所知。"你不知道吗？"他说。

从他的表情里，她模模糊糊猜出了答案。又从她的表情里，他知道她猜出来了，轻轻笑着说："据说，宇大附近住着十万旁听生。"

"十万？"多丽记得，当年宇大的学生也只有一万多而已，"不可能吧？"她环顾着这一大片红砖房，仿佛黑暗中有数不清的、密密麻麻的人群。

这个数字震慑住了她，明显让阿原很得意，他点点头说："只多不少。"

她想起来了，那时宇大的校园是开放的，不用预约，也不用刷证件，所有人都可以自由出入，因此学校经常出没着很多莫名其妙的人，蹭课的，租床位的，借饭卡的……有人发明了一个名称：宇大流浪者。而她和同学们则直接叫他们"那些校外的"。大多数时候，她感觉不到"那些校外的"存在，只有上课时令人头疼，因为旁听者太多，所以很多课必须提前两个小时，甚至更早去占座，否则就没有位置。凭什么啊？她和同学们常常抱怨，这可是我们的课堂，我们可是靠成绩考进来的，考上宇大容易吗？有本事他们考好一点啊！对他们的抱怨，老师并不理会，因为"大学应该是开放的"，不止一个老师这样说。可是矛盾并不因此消失，甚至愈演愈烈。有一次，她忘了是什么课，老师已经到了，课程马上就要开始，一个男生走进教室，在满满当当的教室转了一圈，一个空座位都没有，于是男生走上讲台，拿起粉笔在黑板上写下一行大字：宇大流浪者，我㐆你母亲。事后想起，她总觉得难以置信，但当时所有人就这样静静地看着男生一个字一个字、不慌不忙地写完了这十个字。写完之后，男生扔下粉笔扬长而去，留下一个面红耳赤的男老师和一屋子面面相觑的学生。他们静静地看着这十个字，似乎不知道该怎么办。"那些校外的"也许感到心虚，谁行动，谁就暴露了自己，而宇大的学生们可能正在幸灾乐祸，更有可能的是，大家真的不知道该做什么，不要行动，让别人行动吧——她就是这么想的。于是大家都静静地坐着，等待着。这时，她听见旁边的椅子哗啦一声，原来是二姐。二姐站起来，走上讲台，拿起粉笔擦，大开大合，用力擦掉了那行字，又转身走下了讲台，当时，她看见二姐的脸涨得通红。然后，在一片静默中，老师走上讲台，开始讲课。她记得那位老师会一手非常漂亮的板书，却始终盖不住那行大字：宇大流浪者，我㐆你母亲。很多年以后，在一次同学聚会时，有人提起这件事。做得好！了不起！大家都称赞二姐。二姐笑笑，没有说话。奇怪了，我们当时怎么都没出声呢？有人问。没有人回答。过了几秒，有人说，问题是，问题是那个男生，他也不是宇大的啊！啊，是吗？又有人问道。对啊，他是隔壁学校的啊！那怪不得！大家纷纷说道，他有什么资格说别人啦？真的是！来来来，再碰一个。叮叮当当，晶莹的酒杯碰作了一堆。

原来他们就住在这里。这一大片监狱、厂房一般的红砖房，噩梦一般的红砖房，突然变得鲜活了。这么多年过去，她想，也许和他们相比，"那些校外的"更热爱课堂，也更爱宇大。

"所以他们是……"她犹豫着，一时竟不知道该怎么提问。

"这些人吗？"他笑了一声，扫了一眼面前越来越多的灯光，声音里竟似乎有些轻蔑，"百分之九十都是考研的。"

这轻蔑让多丽感觉有些不舒服，她看着他，问道："那你呢？"

阿原愣住了，黑色的眼珠迅速往她这边一轮，似乎不明白她的问题。

"我的意思是，"一团说不清楚的情绪在脑中纠缠着，多丽东张西望着，突然看到了那一堆打口碟，"我的意思是，你就卖这个吗？你卖这个，能赚得到钱吗？"

"可以啊！"他很快地回答道。

不对不对，她想，她不是要问这个，那么，她想问的到底是什么呢？

"一张碟最少可以卖十块，品相好的话，"阿原从地上捡起一张CD，说道，"像这张，五十也可以，关键是，进价很便宜……"

"可是，"她打断他，"你不是学艺术的吗？"

他手里拿着CD，再次愣住了。如果他有两只长耳朵，此刻大概就会竖起来，警觉地辨别着那声音里有什么。

"你不是艺术大学的吗？"多丽又说。

"嗯。"阿原含糊地应了一声。

"我是想说，"多丽拼命地思索着，在黑暗中刨开重重阻碍，终于找到了那个事实上非常简单的问题，"我的意思是，你真正想做的是什么？"对了，就是这个，她关心的不是卖打口碟的小贩，而是一个贫穷的、有艺术梦想的男孩，像保险柜里的顶级钻石一样干净、坚定，那才是她穿越了二十年，想要寻找的东西。她终于问出来了。

他点点头，表示听明白了她的问题，又晃晃手中的CD："我想做这个。"

什么？多丽几乎要绝望了，她该怎么告诉他，再过一两年，那条胡同就拆了，然后是知识产权保护、国际垃圾停运，打口碟没了，重点是，手机要来了，不不，这都不是重点……

这时她听到他认真的声音："我想做这种音乐。"

这才对嘛，多丽松了一口气。"什么样的音乐？"她笑起来，"爵士吗？"

"哼，"他的声音又轻蔑起来，"那么娘！"

"好吧，那什么不娘？"她说。

他举起手中的CD，封面上是一只变形的白色骷髅：
"就是这种，噪音。"

"噪音？"她看看那白色骷髅，想起他一开始放的音
乐，那声嘶力竭的嚎叫，失真的吉他声，原来他不是为了
吓唬自己，是真的喜欢。

"我想做那种，"他说，"把死亡金属，还有交响乐，
两个结合起来，就那种音乐。"

她惊讶地提高了声调："这也可以？"

"有什么不可以？"她的疑问似乎让他很不高兴，"早
就有人这么做了。"

"既然有人做了，"她的反应很快，"那你为什么还
要做？"

他被问住了，长长的睫毛快速眨动几下，又不动了，
嘴唇紧闭着，在夜晚的灯光中线条鲜明——竟然已经天
黑了。

多丽有些后悔，也许自己不该这么直接，这么犀利，
应该保护他的梦想，就像保护自己的记忆一样，可她还
是忍不住解释说："我的意思是，你得找到自己的独特
性，如果有人已经做了，那你的特色是什么？你有没有
想过……"

"哎呀，"阿原向前倾的身体突然坐直了，烦躁地说，"想那么多干吗？没意思！"

她心里涌起一丝失望的感觉，仿佛看到了老公，或是单位里那些年轻人，总是不耐烦，总是不愿接受一点追问，久而久之，也就没有真话，只能相互敷衍了。但是，她穿越了二十年回来，不应该是这样啊，在他懒洋洋的冷笑背后，在那浓重的鼻音、一摞一摞打口碟后面，总还存着一点真吧？"你不能不想啊！"她握住他的手臂，此刻是她最想说的，是从心里掏出来的话，"你不知道时间过得有多快，如果你都不想清楚，得过且过，就会一直放弃，放弃，很多年以后，你会发现自己已经放弃了最重要的东西，一事无成，生活一点意义都没有……"

"哼！"他冷笑了一声。

多丽感觉到他手臂绷紧了，像要甩开她一样。她叹了口气，放开手说："算了，以后你就明白了。"

这话似乎让阿原更加烦躁了，他偏过头，挑衅一般说道："告诉你吧，我根本不是艺术大学的。"

多丽看着他渐渐隐入黑夜的脸颊，心中起了惊涛骇浪，却不涌上表面，她停了一刻，疲倦地轻声说："是吗？"

这个反应显然并不让阿原满足，他嗡嗡的声音像来自胸中，似乎有许多愤怒在共鸣："艺术大学有什么了不起？宇大又怎么了？我最讨厌的就是你们这些好学生！"

多丽恍然发现，这还是她第一次听到阿原对她的看法。"好学生怎么了？"她问道。

阿原拿起可乐，咕嘟咕嘟猛喝一口。

"你说啊，好学生怎么了？"多丽的声音响起来，微微颤抖着。他讨厌她，是吗？她弄错了吗？

他放下可乐，眼睛往她的方向一瞄，低声说道："没意思！"

9

一件事，通常要在很多年以后才会浮现出首尾轮廓，身在其中，只是混沌赶路而已。现在想想，也许变化就始于七年前。那天晚上，看到验孕棒上的两条杠，多丽脑子都空白了，又验了两条，直到没有一滴尿，才从卫生间出来。肚子好像立刻有了重量，大脑却分离了，直往上飘。怎么会这样？她和老公都有共识，一个就够了，女儿好不容易上了小学，生活节奏理顺，她可以喘口气，心里也有了一些余裕，实在无法想象，那兵荒马乱的过程要再来一遍：激素导致情绪剧烈波动、生娃时挨刀、生完又涨奶、永远都睡不够……而且，要怎么跟单位交代？去年她才升职，谈话时领导还半开玩笑地说，你没有生二胎的计划吧？

一孕傻三年，真的没说错！在一家新开的日料店，她跟二姐说。二姐来这里出差，照例找她一起吃饭。那是怎么有的呢？二姐问。谁知道呀！多丽心烦意乱地夹起一块生鱼片。哎，二姐说，生冷的东西能吃吗？怎么不能？多丽说，吃死算了！说着，又放下鱼片，夹起一块炸鸡。她怀疑，是老公中途偷偷摘掉了保险套，当时她就觉得有点不对劲，但没多想。什么？二姐瞪圆眼睛，放下筷子。多丽吓了一跳，忙说，啊，他说他没有，说是保险套破了，我也才知道，原来保险套只有百分之九十几的几率，不是百分百。那你相信他吗？二姐说。多丽没有吭声，她觉得二姐的声音冷得就像生鱼片下的白色冰山。二姐又说，他是想要儿子吧？不会吧，多丽说，他不是这样的人。二姐冷笑了一声。多丽突然有点后悔吃这顿饭，二姐怎么会懂呢？她又没结婚，没生孩子，她不懂家庭意味着什么，一个归宿，一个依靠，意味着不管你去哪里，都有地方可回，二姐知道吗？她不知道！可是，问题是，除了二姐，她想不出还能跟谁说这些话，这些抱怨、委屈、不满足、不幸福……她心里一酸，自从看到验孕棒之后，她还是第一次这么想哭，但是，她不能哭，于是咬着嘴唇，别过脸去。二姐叹了口气，声音温和下来。那你是怎么想的？二姐问。我不知道啊！多丽说。二姐问，你想要吗？当然不想要了！多丽说，烦躁、焦虑冲上头顶，别问了，别再问了，她在心里祈求，二姐却不肯罢休，紧紧追问，那你在犹豫什么？他们想要啊！多丽说。他们是谁，当然是老公和公婆，但二姐并没有这么问，她说，那你的身体是谁的？二姐脑子里像有刀一样，一句比一句伤人，你也不想想，开肠破肚的是谁？工作受影响的是谁？睡不好的是谁？掉头发的是谁？你自己的身体，你不做主，这能赖谁？多丽不明白，为什么二姐这么咄咄逼人，她不是应该站在自己这边吗？多丽也气起来，说道，我有什么办法？这能赖我吗？二姐说，对对，不赖你，要赖就赖老天爷。二姐声音里的讥讽让多丽脱口而出，说得就跟你真懂似的！二姐往后一靠，长出了一口气，说道，好，我不懂，以后这些事你不要告诉我了，我听够了，早就不想听了。有好一阵，两个人谁都不看谁，也不说话，就这么气鼓鼓地坐着。又过了好一会儿，她听见二姐说，你知道问题是什么吗？多丽装作没听到，心里害怕着那个答案，对，是她太孬了，不够勇敢，她知道，行了吧。二姐却自言自语一般，说道，其实也不是你一个人的问题。多丽抬起头，发现二姐的脸非常陌生。因为我们都是好学生，二姐说，好学生最怕写错答案。多丽没有作声，过了一会儿说，早知道不约日料店了，都浪费了。

　　也许真的是糊里糊涂，一天一天肚子大了，来不及做决定，也就不用做决定了。儿子出生后，她仔细观察着老公和婆婆的表情，不得不承认，二姐是对的。从那之后，她对什么都提不起兴趣。等产假结束，她立刻回到单位，保住自己的职位。但热情一旦失去，似乎就是全方位的。

一周混完，等到周末，她把孩子送去婆婆家，就开始了逃脱之旅，桌游、密室……有时，她也会想起二姐那句话：我们都是好学生，好学生最怕写错答案。二姐在说什么？她也才突然想到，每次她们见面都是她在倾诉，二姐的生活里发生了什么？她一无所知。而那次之后，她们就再也不曾谈过心了。

音箱里，低回的女声突然鬼畜一般，"呃呃呃"的声音不停循环，又出现一阵"噗噗噗"的声音，像有人在拍打被子。阿原一把捞起 Discman，按停音乐，懊恼地说："怎么回事，还是打到了。"

天已全黑了，小屋的灯大半都亮了，水槽边人声喧嚷，排起长队，红砖房活了过来。

"喂，坏学生。"她叫道。

阿原转过身，看到她没有生气，也笑起来，有点窘迫的样子，眼睫毛闪着，说道："我不是，我乱讲的……"

他的长发明显是自己剪的，齐齐的没有层次，仅有的橄榄绿衬衣却洗得干干净净，终归他还是一个简单、善良的男孩。多丽轻声道："这里还有什么好玩的？带我去吧！"

"好玩的？"他的眼睛一抬，似乎立刻想到了什么。

"对啊，好玩的！"她说着，想要摆脱回忆带来的伤感情绪。

阿原突然站了起来："去村里，怎么样？"

"村里？"她问。

就像他不由分说塞给她 CD 一样，阿原不再解释，快速将音箱和 CD 堆进房间："别问了，走吧！"

她没有时间多想，骑上车，和他一起穿过洗漱的人群，出了铁门。

仿佛一头撞进黑口袋，浓重的黑暗从四面挤压过来，将刚才的感伤情绪扑灭了。她抬起头，看见纤细的新月，借着这一点点光，她分清了天与地，车轮下深灰色的路面，前方衣角飞扬的背影。多丽一向循规蹈矩，整个大学期间，从不曾夜不归宿，但是这个夜晚，紧张、刺激的感觉喷薄欲出。路边的麦田神秘地起伏着，仿佛涌动着许多海怪。她飞快地蹬着自行车，谁说她不会冒险？谁说她怕做错答案？那些错的、不对的答案……她来了！

前面出现了一片房子，是个村庄吗？一瞬间，那些社会新闻又出现在多丽脑中，毕竟她是女生，和男生不一样啊……远远看去，那片房子没有光亮，没有路灯，也没有人声，这正常吗？像《聊斋》故事发生的地方，这样的荒村、孤坟……

阿原看起来是轻车熟路，向左拐入一条小路。多丽也跟了进去。小路坑坑洼洼，一边是白墙，另一边黑乎乎的看不清是什么，多丽心惊胆战，总觉得那里藏着什么人，或是什么鬼，越想越怕，车辘辘在石子上一滑，多丽大叫一声，摔倒在地。

整辆自行车压在身上，她感觉半边屁股火辣辣的。模模糊糊地，一道黑影从旁边闪过。"啊！"她闭上眼睛尖叫起来。完了完了，多丽心想，这到底是什么地方？刚才扑过去的是什么？下一秒，她战战兢兢地睁开眼睛，想看看阿原在哪里，却不小心看到无边无际的夜空完整地包裹住了她，上面满是细碎的星星。她呆住了，呆着呆着，又笑了，自己是不是有点可笑了？是的，数十亿星球都在笑，笑这个华北平原上孤独的、慌不择路的女孩。

突然，她的身上轻了。阿原小心地扶起车，就像翻开一页书，又伸出一只手。

他的手干燥，有力，差点将她拉得跌进他的怀里。"那是野猫。"他笑嘻嘻地说。

"什么？"多丽问。

"就刚才那个啊。"阿原看向黑影驰去的方向。

多丽用力推开他说："都怪你！"

他后退了一步，张口结舌道："我怎么了？"

她又推了他一下，这次推得很轻。他的身体结实又柔软，温暖又危险，她已分不清到底是在推还是想要拥抱。"就怪你！"她低低地说。

他们靠得如此之近，就算再傻也明白了，他伸出双臂，紧紧将她抱住。

在一个黑暗的乡村，在数十亿、数万亿欢腾的星星之下，她眩晕着，感觉到他急促的呼吸和笨拙寻找的嘴唇，天哪，她想，我已经多久不曾拥抱、不曾亲吻了？

仿佛过了许久，她推开他的肩膀，问道："你说，好学生怎么了？"

"什么？"他显然没有想到，她还记着这个问题。

她重复道："好学生怎么了？你倒是说清楚啊！"

他的眼睛闪了一闪，似乎在一瞬间学会了温柔和幽默，说道："我怎么知道，我是个坏学生。"

"讨厌。"她说。

又仿佛过了许久，他们才分开，走向各自的自行车。这时，她听到他说："还好你不是摔在那边。"

"那边怎么了？"她说。

"那边是个臭水沟。"说完，他又恶作剧一般嘿嘿地笑起来。

"天哪，"她叫道，"你还真是幼稚啊！"

10

黑沉沉的荒村里，只有一处院落传出说笑声。阿原推开木板门，吱呀一声，说笑声停了。一个男人高声叫道："Lucy！Lucy 来了！"

"是我。"阿原说。

不易察觉的停顿之后，那个男声又说："你丫怎么这么晚，野合呐？"

院子里烧着一堆火，四五个人围坐一圈。多丽一眼看去，说话的是书店见过的长发男，而坐在旁边抽烟的男人胡子拉碴的，狡黠的笑脸上有一个酒窝，正是老张，他仿佛仍坐在"布拉格广场"的藤椅上。看到她，老张分明有些失望，但还是笑眯眯地说："来啦？"

多丽松了一口气，原来是他们！也算是认识的人了，不是什么鬼宅，或是危险的人家。四下望去，看不出院子有多大，也看不出院子里有什么，只见一团一团黑影，或深或浅，唯有枣树的细枝清晰可见，尖利地戳入夜空。

长发男像白天一样嘿嘿笑着，看看她，又看看阿原："老弟，牛逼啊！"

阿原也笑了，踢了长发男一脚，说道："白——痴！"像是要阻止他说下去，又有克制不住的得意。

多丽还想着刚进院门时的声音，悄悄问阿原道："Lucy 是谁？"

阿原没有回答，只递过一个板凳。到这里之后，阿原像是一个软垫嵌进了沙发，和他们浑然一体，放松地戏谑着，打闹着。可是对多丽，他似乎变了一个样，刻意保持着距离，不看她，也不跟她说话，甚至还有一点嫌弃——就像下午在书店的时候。

老张仍旧默默抽烟。只有长发男快活而放肆地说："羡慕啊老弟，啥时候传授几招？"

阿原终于在眼角快速地瞄了她一眼，笑道："白痴啊！"

长发男肮脏的眼镜片中闪耀着红色的火光："就今儿晚上吧，咋样？"

多丽不可能忽略他笑容里猥琐的含义，这对话也让她模糊地感觉到，自己也许不是阿原带来的第一个女孩……就在她快坐不住的时候，突然听到一个细细的声音："别理他。"原来老张身边坐着一个女孩，大概是因为她太瘦小，被阴影遮住，也或许是多丽忙着观察阿原，忽略了她的存在，但是一旦看到，多丽就吓了一跳，因为女孩的脑袋光溜溜的，一根头发也没有。和她酷酷的形象不同，女孩的声音很细小，眼神也很友善。"没事，"她说，"雷子就是嘴臭，其实心不坏。"

这个叫雷子的长发男人嘻嘻笑着朝女孩凑过去："嘴臭？你咋知道我嘴臭？你闻过啊？"

这时老张清了一下喉咙，说道："差不多得了，当着人家姑娘的面。"看样子，老张是他们中的大哥，说完这话，雷子咕哝一声，不再说话了。

女孩转头说："哎，老张你啥意思？我不是姑娘吗？"

老张促狭地笑了笑："哟，你是姑娘？你不说我都没看出来！我还以为哪儿来挂单的小和尚呢！"

男人们都笑起来。女孩翻了一个白眼，细声说："在你们这和尚庙里，不当小和尚当啥？"这话说得，让男人们又愣住了。雷子说："老张，咱撤退！好男不跟女斗！"说完，他们又哈哈哈地笑起来。

笑声中，女孩向多丽递来一个眼神，说道："没事，这帮人就这样。"

多丽感激地看着女孩，说道："你好酷啊！"她分不清是女孩的造型，还是女孩可以如此自如地身处这个环境，让自己如此惊讶。女孩却似乎习惯了，淡淡地笑笑，说："我叫田灵。""我叫多丽。"多丽说。这时她听见阿原说："她是宇大的。"

意识到阿原在说自己，多丽有点不好意思起来，一方面，她感受到"宇大"这两个字引来了所有人的注意，另一方面，这个急切的介绍显示出了一点占有的意思。她回过头，意外地发现阿原看向田灵的表情似乎有些敌意，田灵却没有看他，对多丽说："我知道，我见过你。"

多丽吃了一惊，她的记忆里似乎并没有这样一个女孩。

田灵继续说："就上学期，有一个讲座，你还记得吧？讲女性文学的？"

对田灵来说是上学期，对多丽来说，可就是二十年前了。她努力在记忆里搜索，小心试探着："是在阶梯教室那个吗？"

田灵点点头。

想起来了，多丽想，模模糊糊的，好像是有这么一个讲座，讲者估计是学校最受欢迎的老师之一，一开始是小教室，换到中教室，又换到大教室，最终去了阶梯教室，可是那教室很大啊，至少有几百人……说不定上千，田灵怎么会认得自己呢？

也许是看出了她的疑惑，田灵眼睛里闪了闪，笑着问："你有一个蓝色条纹笔记本，是吧？"

多丽更加疑惑了。是啊，前几天她翻出来过，是有一本，那又怎样呢？

田灵说："你忘啦？你用它占的座？"

蓝色条纹笔记本……阶梯教室……面前这个淡淡的、眉目间又颇骄傲的女孩……突然，那个场景唰地闪进脑中，好像，是有这么一次，那天她提前两个小时去阶梯教室，用笔记本占好位子，上完统计学，对，是统计学，然后再冲去听讲座。可是到了发现，座位被人坐了，笔记本放在一边……那里坐着一个瘦小的女孩，当时她们还吵了一架。肯定是"校外的"，回去之后她跟同学说，一看就知道……"啊！"多丽恍然叫起来，又仔细看着田灵，"但是……"

田灵从前向后摸了摸赤裸的脑袋，又从后摸到前，说道："那时候我还有头发。"

多丽大笑起来。两个人吵过架，似乎应该很尴尬才对，可是这么多年过去了，这又算什么呢？反而让她增添了一些亲切的感觉。

田灵也笑了，只是笑得很轻。笑了一会儿，她问道："你想摸一下吗？"

多丽意识到自己一直在瞄向田灵的光头，窘了起来。

田灵却低下头说："来吧，没事。"

多丽犹豫着将手探上去，原本她以为是像婴儿的皮肤，就像女儿小时候一样，光滑的，有软软的胎毛，没想到触手处却是硬硬的、温热的头发茬，凹凸不平的骨骼，她心里起了一种怪异的感觉，急忙把手放下来，说道："真酷啊，太酷了。"

男人们原本自己聊起天来，这时注意到她们的静默和动作，纷纷转过头来。雷子先叫起来："哎哎，怎么摸上了？见者有份啊，一人一下！"

田灵似乎并不畏惧，也不觉得尴尬，将头顶转向雷子："来啊！你先摸！"

这一下，雷子倒退缩了，低声嘟囔着："不摸就不摸，吓唬谁啊？"

大家参差不齐地哄笑起来。阿原笑道："白痴！"同时，眼神快速向多丽扫来，又快速地回去了。

多丽真是羡慕田灵的态度，她总是淡淡的，如此镇定，不慌张，也不会害怕。瞧，田灵又不知从哪里变出两支烟，一支给自己，一支给多丽，然后，她从火堆中抽出一根燃烧的细枝，为自己点上烟，再递给多丽。

"我问你一个问题。"田灵一吸一吐，声音细细地说。

"什么？"烟雾缭绕在她们之间，一瞬间，多丽觉得自己好像是个青春期的女孩，跟着酷酷的邻家姐姐一起做坏事。

"你说，"田灵问道，"整个二十世纪，中国最好的作家是谁？"

什么？多丽猝不及防。她已经很久没有思考过这样的问题，更没有进行过这样的对话了，除了在大学的时候……对，她明白了，就是刚才说到讲座，让田灵误以为她也是文学爱好者。她硬着头皮，犹豫道："……是鲁迅？"

田灵却摇摇头："不是。"

"不是？"多丽愣了一下，又想起一个常看到的名字，"那是茅盾？"

田灵又摇摇头。

田灵笃定的神情让多丽有点慌，又有点好奇。"那是谁？"多丽问。

"我有一个理论，"烟雾让田灵的声音更细弱了，她说，"中国最好的作家都是湖南人。"

多丽哈哈大笑起来，但是她很快发现田灵不是在开玩笑，忙收住笑声道："是吗？比如谁呢？"

田灵举起一只手掌，大拇指弯曲下来："第一名，沈从文。"

哦，多丽心想，是听过的。

田灵掰下食指，覆在大拇指上："第二名，张爱玲。"

这个名字多丽就更熟悉了，只要读过书的，谁还不知道张爱玲呢。"不对吧？"她终于也可以发表看法了，兴高采烈地说，"张爱玲不是上海的吗？还是天津的？没听说是湖南人啊？"

田灵似乎早有预料，镇定地说："她母亲是湖南人。"

"这也可以？"多丽又大笑起来。

田灵冷冷地看着多丽，说道："有什么不可以？女儿当然应该随母亲。"

多丽愣了一下，心里出现了女儿的样子，又出现了母亲的样子。"是吗？"她喃喃说着，心不在焉起来。

田灵掰下中指，继续说道："第三名，丁玲。"又掰下无名指："第四名，残雪。"

她似乎在用《水浒传》的方法，给这些名字排着座次。不，这是她自己的方法，一种非常不科学不严谨的方法，近于胡说的方法。多丽想，平时要是遇到这样的人，她会立即远离，太荒唐，也太极端了。"你也是湖南人？"多丽问。

"当然，"田灵骄傲地说，"中国近现代历史上，我们湖南人是最重要的。"

多丽点点头，心想，这谁能否认？但这又有什么要紧呢？她看了看田灵举着的拳头，只有一根比香烟还细的小指还竖着。"那第五名是谁？"她问道。

田灵弹掉烟灰，说道："我在写一本小说，自传体，等我写出来……"说着，小指合了起来。

多丽瞪大眼睛看着那个小小的拳头，问道："第五名？中国文学的第五名？"

烟雾中，田灵挑起眉毛，声音变得紧起来，似乎有了攻击性："怎么了，你不相信吗？"

多丽突然觉得这样的对话很熟悉，也许是她们在阶梯教室吵架时……不，不是的，是早些时候，是在那片红砖房，当阿原说起自己志向的时候，也是同样的狂野，和同样的脆弱，他们似乎都有一种很大很大的渴望，想要震撼世界，让所有人都无法忽视自己的存在，可是，一旦感觉到旁人的质疑，他们又会缩起来，竖起全身的刺。她向阿原看去，他们正在热火朝天地聊着什么，不时听到"先锋艺术""前卫""架上"的字眼，夹杂着阿原的"白痴"，雷子的"放屁"。之前涌起的吸引、好奇都飘远了，多丽看向火堆，夜色渐渐凉了，却不知要去哪里添柴。她说："我相不相信，不重要。"

她们之间出现了短暂的沉默，只听见烟丝燃烧的声音。一会儿，田灵似乎想重新打开对话，说道："听说你是写诗的？"

写诗的，毫无疑问，这是阿原告诉她的。多丽无声地笑了："早八百年前的事了。"她已换算不来时间的长度，过去的日子混在烟里，深深吸进身体，又缓缓吐出来，熏得眼睛快流出泪来，她说："我跟你不一样，我是个非常平庸的人。"

她们一安静下来，另外几个人就显得格外吵闹。"来来来，"也许是注意到了这个变化，雷子转头冲她们说，"你们两个搞文学的，也来劝劝老张。"

多丽意识到自己已经被归入了"搞文学的"，她几乎要开口否认，却又有点受宠若惊，搞文学的，这几个字好特别啊，这也意味着，她被这个小小的群体辨认和接纳了。

还没等她们说什么，雷子接着说："你们也劝劝老张，别他妈架上了，跟我们玩行为去！"

田灵说："嗨，又吵这些东西呢？"

老张嘿嘿一笑，这笑声像个乡村教师，或是基层文员，似乎所有话都沉在肚子里，不轻易翻出来。"就是，"老张慢悠悠地踩熄烟头，"老说这些干吗？"

"放屁放屁，"雷子说，"我就问你，等一晚上了，Lucy 来了吗？"

所有人都迅速地瞥向紧闭的院门。老张没有接话，脸像瞬间风干了一般。多丽这才意识到，刚才的谈话中，老张不时瞟向那里，似乎在期待什么。

"白痴，"阿原嗡嗡地说，"你讲这个干什么？"

"你闭嘴！"雷子说，"到明儿，这房子都没了，她更不会来了！明白吗？"

多丽满脑子都是问题：Lucy 到底是谁？这房子没了，是什么意思？她轮流看向他们，可是所有人都沉默着。

这沉默让雷子更来劲了："老张，你得向我学习，我是想明白了，你说我那大色块，抽象画，能干得过老外吗？人家干吗上这儿来买我的画？图啥？还现代派、抽象派？还把咱办到美国去？没戏！这一片画家太他妈多了，就咱们这村，跟鸡巴毛一样多，比鸡巴毛还多！没戏！还是得玩儿概念！玩儿行为！实在不行，那至少好玩啊！是不是？你看人家《无名山》，啧啧，都上威尼斯了，没想到吧？"

雷子的话像展开了一幅画，多丽看看他们，又看看四周，恍然大悟，这村……原来这就是宇大附近的艺术村，她早就听说过，却从未来过这里。阿原、老张、雷子、田灵……就是聚居在这里的艺术家、作家，那 Lucy 是谁？听这意思，应该是外国的藏家。《无名山》又是什么？是谁说过？对，也是阿原，只有阿原会告诉她这些，有一次他们在小广场聊天，阿原用他结结巴巴的口音说，村里有些人在搞行为艺术（"村里"，他好像就是这么说的），十几个人脱光了堆在一起，说是为无名山增高了一米。什么东西？当时她嫌弃地叫道。她的反应让他很得意，又说，还有，有一个人坐在厕所里，是那种村里的旱厕哦，他在身上倒满蜂蜜，出来的时候都是苍蝇和蛆……看到她受到惊吓的样子，阿原笑得更开心了。说实在的，这些年她也看过一些当代艺术展，就三个字，看不懂。她更愿意带女儿去卢浮宫、大英博物馆看梵高、达·芬奇……可是这里，原来就是这里，多么古怪的事情，原来就是这里。几个小时前，她还以为这是《聊斋》里的荒村孤坟，现在却变得如此鲜活、有趣。

"原来这就是艺术村啊！"多丽快乐地叫道。

他们正在热烈地争论，没有人理她。"不对不对，"田灵说，"这点上我支持老张，艺术表达就得是个人的、独特的，不应该随大流。"

"放屁放屁！"雷子立刻说，"独特个屁啊！你要独特，干吗老往宇大跑？一野生的，想混人家学院派，人家理你吗？"

田灵一愣，没有了头发，连头皮都涨红了，她很快地反击道："你行，就你行，拉棵白菜往街上遛，就说自己是艺术家了，狗屁艺术！充其量就是个艺术混子！"

火光中，雷子的唾沫四处喷溅："你懂屁！自由！艺术就是自由！自由你懂吗?！"

阿原坐在一边，无论哪方发言，他都在冷笑，这时他鼻子里又哼一声："无聊！都快出去要饭吃了，还吵什么自由、艺术？无聊！"

"哟！大帅哥，"雷子斜眼看向阿原，看样子这是个混不吝的，会均匀地扫射所有人，他说，"就你不无聊，看谁都是白痴，你干啥了？一会儿搞音乐，一会儿搞摄影，一会儿搞行为，结果呢，除了搞搞女大学生，你还搞啥了？你说说？"

阿原的冷笑僵住了，他的眼睛飞快地往多丽的方向扫了一下，鼻音浓重地说："你再讲一次。"

雷子看看他，带着凳子往后撤了一步，嬉皮笑脸地学着阿原的口音："不讲了，晚上屁都没吃，讲不动了。"

阿原呼的一声站起来，朝雷子扑过去。雷子也站起来，一边夸张地叫着："救命啊！杀人啦！"一边往后退。多丽和田灵也站了起来，火堆边乱作一团，这时老张终于说话了。"好了，"他说，"最后一晚了，明天散了，以后还不知道能不能见呢。"

夜色越来越凉，田灵起身搬来一堆干树枝，一根一根丢进火中。所有人的脸都映得红彤彤的，似乎各自想着心事。多丽抬头看到星光布满穹庐，这时夜空倒不像摔倒时那么亮了，反而有些冰冷。远处是整个沉睡的旷野，只有他们这一点热，一点活着的感觉。奇怪，刚才的冲突并没有让她害怕，反而让她觉得真实。多好啊，她想，大家就这样说出真心话，比什么城市露营、篝火晚会都有意思……

想到这里，多丽突然想要活跃一下气氛，说道："我们应该烤肉吃啊！"

所有人都抬起头看着她。

"哪有肉？"眼镜后面，雷子双眼发着红光，像头饿狼一般。

多丽吓了一跳。她这才注意到，他们都很瘦，脸颊的肉都被削掉了似的，轮廓鲜明，颧骨突出，眼睛也显得特别大，是二十年后人们梦想的脸庞和身材。"我是说应该，"她忙说，"你们看这星星，多好看啊！要是能……"

没有人说话，他们都低下头，眼里的光都消失了。

多丽继续说着，却又越说越错："下次，下次我给你们带肉来……"

"没事，"田灵说，像是要安慰她，声音却更细弱了，"我们都是吃了来的。"

多丽这句话的打击似乎还胜过之前的吵架，一时间，大家都没有兴致再说什么。连雷子都颓了下去，过了一晌，他说道："操，天天吃挂面，屎都拉不出来。"阿原也沉默着，不再冷笑，也不再说"无聊""白痴"。多丽想到，他晚上好像只喝了一听可乐，难道那就是晚餐吗？

原来这才是他们真实的生活，多丽简直难以置信，不要说二十年后，就算是二十年前，她在大学也从未担心过吃饭的问题，食堂里菜色又多又便宜，不时还能吃顿小炒，有时室友们还会一起下馆子，谁能想到这里，就在学校附近的村里，还会有人在挨饿？她又想到阿原房间里的气温，原来那不是衣服没有晾干的味道，也不是墙粉的味道，那是她离开家乡之后就不曾闻到的、贫穷的味道。她第一次对他们——甚至包括雷子——生起了同情，却又感觉到一阵恐慌。她也饿了。

这时老张出现了。她甚至没有注意到，他是什么离开的，此时老张提着一个塑料袋，不紧不慢地打开，从中拿出一个圆圆的东西，又一个，是土豆，一堆土豆！

大家都欢呼起来。

老张又离开了，再出现的时候，手里夹着三瓶啤酒。"最后的存货了。"他说。

欢呼声更响了。

雷子叫着："好老张！你怎么不早点拿出来！"

田灵拿起土豆一个一个端详着："老张，你这不是偷的老乡的吧？"

"北方人，"阿原又有了冷笑的力气，"看见土豆就不要命了。"

"福建仔，有本事你别吃啊。"雷子嘻嘻笑着，用牙齿咬掉啤酒瓶盖。

"白痴！"阿原说，这次却是笑着的。

所有的不愉快都在土豆和啤酒面前消失了。"这样，"老张提议说，"咱们在这儿挖个浅洞，把这帮小家伙埋进去，再慢慢烤。""好嘞！听老张的！"大家说。

火燃烧的时候竟如此热闹，树枝毕剥毕剥地爆裂，风声火势呼呼作响，衬得多丽和阿原分外安静。他们留在原地，负责挖洞。老张、田灵、雷子去捡柴火。他们当然是故意的，多丽知道，她不会忽略雷子挤眉弄眼的样子。"哥们，抓紧啊！"走时他对阿原说。

多丽握起老张给的铲子，往空地上铲去。地很硬，像金属一样铿铿作响。她换一个方向，终于撬开一点缝隙。突然，阿原伸手夺过她的铲子，扔过另外一把，说道："这把比较快。"多丽捡起新的铲子，却已找不到缝隙。只听"铛铛铛铛"，一阵地面与铲子相撞的声音。阿原又伸手夺过铲子，说道："哎呀你别弄了，笨死了。"

多丽抬起头，看见阿原一脸嫌弃的表情。她手中什么都没有了，胸中却有一腔怒气。"你干吗啊？"她叫道。

阿原愣了一下，似乎对她的愤怒有些意外。"你去休息吧，我来弄。"他说着，用铲子在地上砍出一个小坑。

"为什么啊？"多丽大声问道。

阿原没有回答，几铲下去，就将小坑扩开了。毫无疑问，他的力气要大得多。

多丽却不肯旁观，她捞起原来那把铲子，轻轻敲着金属一般的硬土，寻找容易下手的缝隙。

听见她的响动，阿原猛地抬起头来，他一脸不高兴，伸出手又想夺走铲子。但是这次，多丽没有放手。今晚一到这里，他就像变了个人似的，对她不理不睬，似乎只有单独相处时，他才会对她好，可是这种好，让多丽很难受，就像当年他不由分说地塞给她一堆 CD，照理说她应该很开心，不，她也开心的，但又有一种说不清的感受，隔了这么多年，她终于明白了，这种好是那么霸道，又是那么地……轻视，他看不起她。

他用力拉扯着，她却不肯松手，仿佛要拼尽全力保护这个破旧的铲子。阿原不可思议地看着她。整个晚上，他总是从眼角看她，此刻，他终于直视着她的眼睛，她的愤怒。渐渐地，他又黑又亮的眼睛黯淡下来。然后，他放手了。

多丽手里握着铲子，看向这个男孩。这个夜晚，来到这个院子，就像奇木栽回野地，她终于看清他的样子，也明白了他何以长成这样，可是这样一来，奇木也就不奇了。那种不知从何而来的独特魅力消失了，他变成了一个普通的男孩，如此普通，以至于他垂头坐在地上的样子让她有些心软。算了，她想，他只是太年轻，还不懂得怎么对人好。

多丽想去抚摸他的肩膀，却听见阿原低头说着什么，嗡嗡的声音像从地底传来。"你说什么？"多丽问。

阿原捡起一个烟头扔进火里："你不相信我，你相信那个白痴的话。"

"谁？"她已习惯了要去猜阿原断断续续的句子，白痴，应该是指雷子吧，她又问，"什么话？"

阿原没有作声，捡起一块石子扔进火里。

整个晚上有太多的信息，但多丽不会忘记雷子的那句话，她挑起一边的眉毛，问道："是女大学生那句吗？"

阿原正在捡起另一个石子，身体顿了一下，不自然起来。"不是这句。"他生硬地说。

这窘迫的样子又让多丽有些心软。想到进门前他温暖、结实和急促的样子，她不由得拉住阿原的手，摩挲着指节处的纹路，那是一双总是赤裸在风中、从未用过护手霜、干燥粗糙又瘦削的手，她轻声说："你放心吧，我不介意。"

听了这话，阿原冷笑一声，甩开她的手，笑声中再次出现她无法忽视的轻蔑。他猛地将手中的石头扔进火中，仿佛这也不足以发泄自己的愤怒，他突然捡起土豆用力投入火堆，一边扔一边说："吃吃吃，让你们吃！"

他突如其来的行动让多丽目瞪口呆。所有的情意都消失了，她无法相信，阿原竟然要毁掉如此珍贵的土豆，大家仅有的食物。她急忙拿起一根树枝，想把那个土豆拨出来，只听噗的一声，又一个土豆滚进火堆。阿原叫道："白痴，你们都不相信我，都看不起我！"

"啊！"多丽惊叫着，满眼都是滚进去的土豆，不知道该救哪一个。

阿原更生气了，他又扔出一个："怎么了？宇大学生很了不起吗？"

好了，多丽想，他终于还是说出了这句话，可是她没有心思回应，只是提心吊胆地看着他又拿起一个土豆。

阿原越来越愤怒，力量越来越大，土豆飞入火堆的力道又快又猛，每扔一个，他就叫一声："白痴！"这个男孩看起来是如此陌生，愤怒和毁灭的激情充满了他的身体。扔了一个，又一个。火堆被击穿，被敲打，向旁边散开来。所有的土豆都扔完了，他大叫道："白痴！你们都是白痴！等老子哪天做成了……"却又说不下去了。

多丽赶忙拿起木棍，手忙脚乱地在火里拨弄着。拨出一个，又一个。折腾半天，才拨出一堆表皮发黑的土豆，还好，里面还没焦。她又将散掉的火堆聚拢，这时，后面传来抽泣的声音。

多丽回过头，难以置信地看着阿原。他在哭？为什么？就为了雷子那句话？

她叹了一口气，坐到他身边。她差点想说，你会成功的，有一天你肯定会成功的，但是，她立刻想到，这是一句谎话，而自己不应该再说这样的话了。于是她轻轻抚摸着他的后背，就像夜里拍着儿子，让他不再哭泣，让他的气息平稳下来。她想，在他满不在乎的外表下，原来是这么渴望成功，他对自己如此霸道地好，却从来不知道她在想什么。她穿越回来，想要寻找一个肩膀，却又找到一个儿子。有一天，他会长大的，也或者，他不会长大，但另一个女人会爱他。她像是迅速在心里走完了另一种人生，脱口而出道："我真希望是真的年轻了二十岁啊。"

阿原已经停止了哭泣，嗡嗡地说："你说什么？"

"没什么，"多丽说，"我们快把洞挖好吧，他们快回来了。"

像是火堆生了个孩子，旁边燃起一堆小火。所有人眼巴巴地盯着火的深处，那薄薄的土下，躺着一层多丽埋下的土豆。

没有烤肉，大家传递着啤酒和香烟。火光跳跃，白色烟雾吐出，弥漫，又四散。多丽有了一点醉意，眼前一切也变得轻了。她懒洋洋地靠在阿原肩上，刚才那一幕之后，她原有的期待落空，倒生出一种与欲望无关的亲近。她抬头看向夜空，星星好像更多了。这样一个夜晚，深夜的荒村，她和一群陌生人围坐在火堆边，简直像梦一样。这不就是她想象中的青春时光吗？仅有一夜的青春……她不愿再想下去，出声道："哎，老张，好了没？今晚还能吃上吗？"

烟雾散开，露出老张脸上的皱纹。他一直沉默着，这时答非所问地说："我还卖过煎饼呢，在宇大。"

"什么？"多丽吃了一惊，她从未想过老张会说出这样的话来，甚至，任何人会说出这样的话来。煎饼？多丽回忆着，那条街上有煎饼摊吗？还是哪家食堂？她从未注意过，更没有想过，卖煎饼的大叔有可能是个画家，这么说，那个卖包子的鬈发大叔，他也是艺术家吗？

"还卖过西瓜，"老张笑笑地看向多丽，"嘿，宇大的学生真有钱啊，想也不想，钱就掏出来了。"

"哪有！"多丽抗议着，声音却很无力，"我们那时候很穷的！"

老张没有反驳，也没有注意到她的过去时态。他又笑了，或者说是叹息了。多丽第一次注意到老张是这么沧桑，似乎每一分钟过去，他都老了一些。老张继续说："画画太他妈贵了，颜料，画布……"他像一个农民在计算种子、化肥的价格，"一张光材料费就得一百多……"说着，老张瞥了一眼院门。就连多丽这时也明白，他在等待一个叫 Lucy 的女人，而她不会来了。

"你不是还有个书店吗？"她问。

老张苦笑了一下，仿佛这个问题无须提出，也无须回答。

"嗨！"雷子总是那个没心没肺的，"想这么多干吗？不行就回老家呗。"

这时连阿原也没有冷笑，他认真地对老张说："要不然，你先住到我那边去。"

老张没有说话，他用力地抽着烟，烟雾再次遮住他愁苦的面容。整个夜晚都凉了下来。

一阵沉默后，雷子说："上回我坐火车回家，一分钱都没花，在厕所坐了二十四小时，让他们谁都上不成厕所，憋死他们丫的。"他笑嘻嘻地，像是在炫耀一件很好玩的事情。

阿原冷笑一声："怪不得你这么臭。"

雷子说："傻逼，那也比你好，被抓去挖沙子，好玩吗？"

多丽感觉到阿原的肩膀一耸，肌肉紧绷起来，她急忙拉住他的胳膊，这时听见田灵细细的声音说："上次我去新疆的时候，"她仿佛在说一件非常平常的事，"差点被一个货车司机强奸了。"

阿原没有站起来。连老张都坐得深了一点。雷子低头说道："操！"

一阵令人难耐的沉默之后，多丽觉得自己必须得说点什么了。"那个……"她说，"其实我是从未来穿越过来的。"

他们抬头看着她，好像没有听懂。

"就是说，其实我是二十年以后的人，来到了二十年前。"多丽解释着。

"二十年后，来到二十年前？"田灵重复着她的话。

不只是田灵，所有人都狐疑地看着多丽，从头到脚，又从脚看到头，仿佛她是什么机器人，或是可以变身的妖怪。

多丽说："不是，我的身体还是二十年前的身体，只是心理，还有大脑是二十年后了……"说到这里，她发现这的确很难解释。"你们明白吗？"她徒劳地问道。

"明白啊，这有啥？"雷子一拍大腿，"我还见过外星人呢！"

"白痴！你那是 UFO！"阿原说道，眼睛却看着她。多丽想，这似乎是他第一次出现这样的眼神，好奇，又专注。

"我知道了，"田灵恍然大悟，"所以你是写科幻小说的？"

"哎呀，你们咋不相信呢，"多丽急起来，"我真的是二十年后的人！"

老张坐了起来："那你说说，二十年后是啥样？"

多丽伸出手臂挥过四周无际的黑暗，自信地宣告说："二十年后，这一片都拆了，都是高楼大厦。"

老张笑了。所有人都笑了。仿佛这是一句废话。田灵说："是要拆啊，要不我们今天干吗来？"

"不不……"多丽想告诉他们，这不是一般的拆和建，事实上，这里拆了好几次，建了好几次，最后变成一片科技园区，反射阳光的玻璃大厦，这是高科技中心，经济发展的心脏，她以后也会在这里上班，都智能了，进门刷卡，不，刷脸……想着，她喃喃自语道："确实，好像也没啥意思。"

"那你呢？"田灵又问道，分不清是已相信了她，还是在继续验证，"你二十年后在干吗？"

"我？"多丽似乎完全没想过这个问题，张口结舌，说不出话来。每次聚会时，二姐都会问她，你最近在干吗？她总是说，没干吗。家里还好吗？二姐问。就那样，她答。那工作呢？二姐又问。嗨，工作有什么好讲的？她答道。于是她们从别人的八卦聊起，又以大学往事结束——除了那次。她并不是不想说，而是认真地觉得，自己的生活没什么可讲的。天哪，我真希望拥有一个值得讲述的生活啊！她想，可是这乏善可陈的日子，竟然就是这二十年的全部内容了。

"对啊！"田灵的声音听起来越来越怀疑。

突然，多丽灵机一动，从口袋里拿出手机："这个，是未来最重要的发明。"

田灵接过手机，反复看着："这是啥？是你的飞行器吗？"

"……也算吧。"多丽说，"但它不只是飞行器，它什么都能做，比如你饿了，点一下它，饭就来了，你要出门，点它，车就来了。"

男人们原本已经涣散的注意力，此刻都被吸引了过来。他们传看着手机，此刻它没有任何功能，没有光亮，也没有信息流，只是一块完美的有机玻璃和塑料结合体。这个画面让多丽想到了一部电影，是什么电影来着，一群智人围着一座黑色纪念碑吱吱叫，似乎就是这么奇特的画面。

老张对手机最感兴趣，拿在手里翻来覆去："不用花钱吗？"

"什么？"多丽问。

"你不是说吗，想吃饭，点一下饭就来了。"

"那怎么可能？"多丽大笑起来，"当然要花钱，不过，钱也在那里头。"

他们哦哦应着，又传看了一圈，就连雷子的脸上都出现了一些敬畏。

多丽说："以后每人都有一个，走到哪里都得带着。没它，好多地方都去不了。"

田灵嘟囔着："这不还是科幻小说吗？"

多丽没怎么看过科幻小说，却也觉出了一丝科幻的意味。"可是，"她说，"这不是科幻，这都是真的。"

"难以想象。难以想象。"老张惊叹着，双手把手机还给多丽。这个神奇的未来之物，显然已经震撼了2000年的人类，就像纪念碑震撼了智人一般。

多丽接过手机。往常她醒来，第一件事就是打开它，戳啊，拉啊，放在身边、目光可及的地方，每隔几分钟就拿起来，直到夜里睡着。但是这一天，她没有打开过手机，竟也并不想念。多丽随手一扔，就像阿原扔石头、扔土豆一样，手机沉甸甸地坠入火中。这一掷，仿佛淤积多年的血块排出了体外，多丽觉得说不出地轻松。这种感觉真好啊，她大笑起来。

田灵惊叫起来："你把你的飞行器扔啦？"男人们也呆住了，看向火堆。雷子说："你喝多了吧？"

多丽咯咯笑着，说："我喝多了。"

田灵似乎想说什么，嘴唇微张又闭上，终于下定决心问道："那我呢？"

"你？你咋了？"多丽说。

"嗨，不是说二十年后嘛，"田灵竟扭捏起来，"那我呢？二十年后我在干吗？你知道吗？"

多丽突然觉得，这好像是在算卦问卜，只不过以前都是她问别人，今天竟有人问她了。"你在干吗？"多丽重复着田灵的问题，又仔细端详着她，像是女巫看着问卜者，又像是穿过岁月看向曾陪伴自己的朋友们。"你是二姐吗？"多丽问。

"谁？"田灵说。

"不，当然不是，"多丽想，我真是喝多了，她又克制不住地问，"那你是神婆吗？"

"神婆？"田灵迟疑着，"倒是会看点手相啥的……"

"没关系，"多丽没头没脑地说，"未来的时代，每个女孩身边都有一个神婆。"

"不是，你还没有回答我的问题……"田灵说着，却被老张的一声叹息打断了。

"二十年后，"老张说，"我就六十了。"

这么说，老张现在四十，正是多丽的同龄人，不，比多丽还要年轻两岁，可是看上去，他却是那么老。

"哎呀，"雷子不耐烦地开口了，整个晚上，这是他最正常的一句话，一个脏字都没有，"扭扭捏捏的，还没明白吗？他们的意思是，二十年后，他们出名了没？那些报纸、杂志上有没有他们的名字？就这么简单，有什么不好说的？"

报纸、杂志？多丽很想说，早就快死光了，可是她猛地看到他们的表情，一开始还有些躲闪，有些害羞，但很快都消失了，老张、田灵、阿原、雷子，如此渴望、认真地看着她。哦，她明白了，他们想问的是，二十年后，他们成功了吗？这些饥饿、流离、等待，都值得吗？

多丽仰起头，努力回想自己去过的当代艺术展、音乐会、看过的新闻……却不得不承认，尽管她来自未来，但是对于很多事——也许是大多数事，对于世间人类的命运，她都一无所知。

"我不知道。"一句话从她心里诚实地走了出来。

所有人的眼睛一盏一盏黯淡下去。

"但是，但是，"多丽突然提高声音，想把大家从低落的氛围中拎起来，"我知道一件事。"

他们抬起头，可是就像人饿过了劲，已经从内部衰弱下去，很难打起精神。

多丽趁着一股酒劲，热烈地看着他们："有一个人拿了诺贝尔文学奖，你们一定猜不到。"

"谁？"田灵说，"是湖南人吗？"

"不是，不是湖南人，"多丽遗憾地说，"但是这个人你们都知道。"

如同多丽所想的，这个问题成功地引起了他们的兴趣。他们一个又一个念出他们所知道的名字。在地球的一个角落，真的有这样一群人，会饿着肚子谈论文学、艺术，谈论那些陌生的名字，这些名字有的她听过，有的没有，可是凭借一个文艺青年的本能和多年八卦的经验，她相信，没有一个名字像她即将提到的那个人一样，更接近这个夜晚。她神秘地微笑着，任由他们争论是这个好，还是那个更该得。

"你快说吧！到底是谁？"他们都朝她叫道。

多丽骄傲地看着所有人，仿佛这就是瑞典的颁奖现场。终于，她大声宣布道："鲍勃·迪伦！"

这四个字激起的声浪比她预想的还要剧烈，口哨声、尖叫声，仿佛这里不止五个人，而是有五十个人、五百个人。

"不可能！不可能！""真的吗？""我操我操我操！"许多的声音叫嚷着。

雷子停下口哨声，突然从地上跳起来："我碟呢？"又问阿原："哎，你音箱呢？你带音箱了吗？"

阿原没有回答，突然唱出了，或者说念出了南方口音的英文：

"Knock, knock..."

于是南方口音的英文、北方口音的英文，一起唱道：

"knockin' on heaven's door..."

荒腔走板的歌声响在 2000 年中国北方的乡村里。"老张，唱呀！"多丽大声地催促着。

"Knock, knock, knockin' on heaven's door..."

她做了一个梦，梦见凌晨时分，自己到站了。车门在身后关上，却看不出这是哪里，似乎是山谷，迎面扑来无边无际的大雾。回头看去，车已不见了，四周白蒙蒙的，像一个倒置的玻璃牛奶瓶，浓稠的颗粒流淌着，漂浮着，雾气湿重冰冷，压得她无法呼吸。不行，得走出去，她四下张望着，身边似乎有人，却看不见，她向右转，那个人也向右转，她向左转，那个人也向左转。谁啊？多丽大叫着。一个声音在耳边说，是我啊。她犹疑着，问道，老公？是你吗？那个声音后退了一些，重复着，是我啊，我要走了。急切之间，她伸手向斜后方捞去，触手处簌拉拉抹下一串树叶，叶子绿得如玉一般，却又全然透明，穿过它，多丽看见自己的手，那不是手，是冬天的枯藤。她吓了一跳，想扔掉那片树叶，却怎么也甩不掉。远远地，雾中传来声音，我先走了……她用尽全身的力气喊道，你是谁？喉咙里却什么声音都发不出……

她醒了。北方的清晨，空气像冷水一样，渗透了被褥和衣服。她挪动着冻僵的身体，坐了起来。火已经灭了，地上横着几条花褥子，所有的被子都盖在她身上，最上面是一件橄榄绿衬衣。原来他们都已走了。一夜的歌唱，像梦一般，醒来之后，只剩自己在一堆废墟里，她想，果真像《聊斋》中的故事。

多丽走出院子，老大的车还停在外面。昨晚来时，她以为四周是庄稼地，这时才发现到处是垃圾和野草，残破的沙发、缺一条腿的人体模特、臭水沟……所有院墙上，都写着大大的、白色的"拆"字。

荒野之中，尽管一个人也没有，多丽还是走到破沙发后，蹲下身去，放掉一夜的液体。

她想起大一军训时，同学们经常一起唱一首歌：

再过二十年，

我们来相见，

相见火葬场，

化成灰一堆，

你一堆，我一堆，

苍蝇蚊子围着我们飞。

那时她们一边唱一边笑，对年轻人来说，二十年是多么漫长啊，二十年后，她们就死了。可是这一天一夜，似乎比二十年更长。在这一天一夜，她瞥见了自由，以及自由的代价。不，也许当年自己就看到了，因此才会逃离，才会遗忘，遗忘了自由是什么。从未来的维度跨越而来，她模模糊糊地明白了一些新的东西：不管二十年前，还是二十年后，她所在的这一小块地方，就是现在。

她抬头四顾，真希望有人可以分享这个模糊又崭新的想法，却只看见天空的云层如同妊娠纹一般片片撕开，太阳就要升起了，天际渐渐明亮起来。

11

小刘精神抖擞，站在东门的岗哨台上。

今天是校庆日，保卫处昨天开了誓师大会。领导指示，一定要站好每一班岗，不放过任何一个潜在的、可疑的坏人，保证校庆活动安全、顺利、成功地进行。因此，所有重要地点都要布置人手，其中东门最是吃重，因为这里邻近主干道，外卖、快递人员进出频繁，闲杂人等也最多，因此增派了人手，小刘就是其中之一。不过还好，他把守的是出口，相比起来还算轻松，只需要站在闸机旁边，不停地提示："刷码。证件。刷码。证件。"

远远地，一个女人走过来。小刘一眼就看出，这不是学生，头发乱蓬蓬的，脸有些浮肿，一副没睡醒的样子，身后还背着一把塑料剑。这个大妈，还真把学校当公园了？小刘想，学校就不该随便放人进来。"刷码。"他冷冷地说。

女人将手伸进包里，又缩了回来："我没有手机。"

"没有手机？"小刘瞪大眼睛，现在还有没手机的人？但他不想跟女人废话，又说："证件。"

女人说："也没有证件。"

小刘上下打量着她："那你怎么进来的？"

"反正就进来了。"女人一脸平静地说。

小刘愣住了，他还是第一次碰到这样的状况。"你等一下。"他说着，走到值班室拨通电话，"喂，队长，有个女的……"小刘旋转着身子，以便观察外面，这时他看见女人走到闸机前，左手撑住台子，右脚一抬，跨越了栏杆。女人似乎自己也没想到，这个动作竟会如此轻松，愣在了外面，回头看看闸机，又看向呆住了的小刘。

小刘这才反应过来，大叫道："站住！你给我站住！"

路口的红灯转为绿灯，女人一转身，跑上斑马线，就这样消失在宽阔的十车道马路上。

图书在版编目（CIP）数据

织风暴 / 郭玉洁著. -- 北京：新星出版社，2025. 9.
ISBN 978-7-5133-6139-2

Ⅰ. I247.7

中国国家版本馆CIP数据核字第2025ZJ9502号

织风暴

郭玉洁 著

责任编辑 汪 欣		**特约编辑** 黄平丽 宣 彤	
营销编辑 胡 琛 潘佳佳		**装帧设计** 尚燕平	
内文制作 王春雪		**责任印制** 李珊珊 史广宜	

出 版 人 马汝军

出　　版 新星出版社

　　　　　（北京市西城区车公庄大街丙3号楼8001　100044）

发　　行 新经典发行有限公司

　　　　　电话（010）68423599　　邮箱 editor@readinglife.com

网　　址 www.newstarpress.com

法律顾问 北京市岳成律师事务所

印　　刷 北京中科印刷有限公司

开　　本 850mm×1168mm　1/32

印　　张 7.75

字　　数 138千字

版　　次 2025年9月第1版　　2025年9月第1次印刷

书　　号 ISBN 978-7-5133-6139-2

定　　价 49.00元